一道馬不停蹄的旅痕

陳秋見著

晨星出版

CONTENTS

卷三 人間

卷四 魔界

自序

沖一盞文學醇香款待

陳秋見

荒山，夜雨。

山腰幾棟工寮，像蹲伏的獸，子夜零時零分，一窩子全睡黑了臉。

風是落山風，用力的吁著寒氣，雨霧流轉飄盪，彷彿一群曼妙女鬼舞著白衣。

「一個聊齋的夜晚……」，我在稿紙上寫下第一句話，然後，思緒就斷了！

星期六的晚上，同事大都回家休假去了。工寮大寢室空蕩蕩的，沒一點人氣，我只是想安安靜靜的寫一篇文章，才留下來。聊齋的夜晚？蒲松齡跟鬼狐神怪相談甚歡，隨手收拾記錄，就是厚厚一本「誌異」，我一張稿紙，擺了三四個小時，才跟我講了一句話！文學不朽，留名千古，除了才氣之外，可能膽量還得夠才行，我想。

燈調暗些，拉了一床棉被過來身上裹著，窗戶打開，放膽打量夜色，一股陰森冷氣撲了進來，不怕！微雨荒山，人神鬼狐來訪，我泡老人茶，沖一杯文學醇香款待。

我低頭整理茶具，插好電壺，才抬頭，一張素白的臉就懸在窗口！我倒吸一口涼氣，才看清楚這女子穿一身黑衣。

秀眉微鎖，唇角一朵微笑掛著憂傷。她說她想進來房間，想聊天。

○

黃昏下工，我騎著摩托車，循著產業道路，蜿蜒攀上山巔。

牡丹水庫的土壩就在腳底，集水區群峰繚繞，疊疊層層，最遠處的山稜被著色暈染了，像一幅橫卷水墨。汝乃溪和牡丹溪沿途收集山澗水泉，在水壩前匯合成四重溪，溪水倒映青山，一顆落日，正攬鏡自照酡紅醉靨。

散文的筆路，可不可以在這大地風物間穿梭？當完成的水壩攔阻溪流，成就一潭雲影天光，曾經雙溪蜿曲如帶的景致，能不能藉由我的文字，存檔見證？

○

大修的引擎試車正常，等著下午才吊上推土機。

洗淨黑手，我把初稿筆記攤開，袖口沾了點髒，捲了捲推上臂彎，文學必須落實生活，才見真性情。

修理廠裡，鈑金部師傅正敲著鐵板，一聲聲晴天霹靂！另一位黑手夥伴調大卡車的煞車，輪胎磨地的銳響恍若一把尖錐，刺入耳膜。我這種忙裡偷閒的寫作方式，能擠進文學殿堂才怪！

離便當送來的時間還有十分鐘，大夥兒歇了手，窩在工具室裡擺龍門陣，有個同事坐著睡著了，竟然還發出鼾聲！聊天的大嗓門自動半掩，有人輕聲說：「別吵他，他老媽住院，每天晚上他在醫院陪著，沒怎麼睡。」

他真的睡得好沉，斜歪一邊的脖子，彷彿負荷不起人世悲苦的重量！我想到我可以寫些什麼了。

○

有時候，什麼地方都不去，什麼人都不想見！夜晚書桌上，瞪著稿紙裡一排排欄柵發呆，再亮一盞燈，劃個圈圈把自己囚禁。

然而，想像和虛構從不受局限！我可以化身舞女，躲進佛寺參禪，可以學人飆車，追逐一個愛情傳奇。或者出入魔界，去探索和我們人世交疊並存的另個奇異的次元。

累了，領一張睡眠通行證，打個呵欠後自燈光牢寵裡脫身，被窩揉成繭，鑽進去，愛孵什麼夢就孵什麼夢，都不受人管！

○

書分四卷，卷一〈滅情〉是那聊齋女子的心事，卷二〈道情〉算山水行吟，大塊文章呈現的風貌，文人的心情有權修改！〈人間〉一卷，幽人浴月獨行，該只為梳洗紛沓而來的世塵，治好自己眼熱心痛的毛病吧？〈魔界〉的音符，有些走調！小說的簡譜拿散文唱腔詮釋，除了驚奇之外，盼望還有一點點悅耳。

○

第一本散文《一隻會寫情書的駱駝》之後，晨星大膽，追著第二本集子付梓，文學路上有這般肯敲邊鼓喝采的出版者，是作者之福，讀者之福。

謝謝，謝謝！

陳秋見序於牡丹山屋

卷 一

滅情

當下覺悟，斷然斷情，我做不來！

情義韁鎖就此驅使我行走於泥濘的心路，

我常說，我不是一個適合外遇的男子——

因為，我不夠壞。

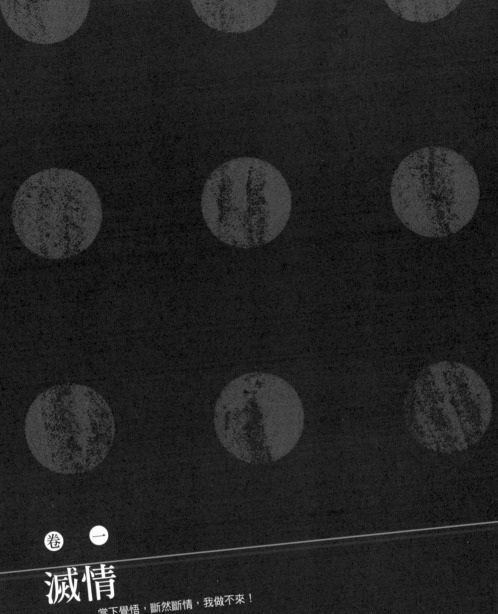

滅情

觀音臉

這麼靜，這麼定。
這樣的一張臉，由凡入聖，需不需要百世輪迴，千劫萬劫之後才淬鍊得來？
夜夜，我看著床頭櫃上的觀音，聽著佛頌梵樂入睡，夢裡，卻總是你荒蕪的身影來到我身邊，為我拭淚。近佛向道，都說能夠塵緣看破，為什麼？事到如今，你依然是我心頭的最痛！
枉費，枉費你為我買了這麼貴的玉石雕像。
你說這是魚籃觀音，因為黃河氾濫，菩薩尋聲救苦，把作怪的鯉魚精捉來放在籃子裡，才退去水患。你還說我心中也有一尾不安的鯉魚精，搖頭晃尾，鼓動情海萬丈波濤，把我自己，也把你給淹苦了。

不讓兩個人苦，唯一的辦法就是把掀風作浪的鯉魚精給捉住，把情感和情緒，把瘋狂和浪漫，全一股腦兒悶在籃子裡。

你就是要我人前人後都是一張觀音臉，安安靜靜的，不去洩露一丁點的委屈，一丁點的辛苦。

好讓你的這份軌外戀曲，唱得心安，是不是？

如果你不要我皺眉頭，不要我落淚，不要我因為對你牽腸掛肚而痛徹心肺，那麼，我們之間的愛，還是愛嗎？

情韁義鎖

妳很不想知道，我為何老往佛寺禪院跑？

並不是為了朝見至尊或是上香禮佛，就如同我讀經書，領受禪意裡的悲喜圓融，也只是讀，只是領受。將塵世生命戛然斷絕，讓了然明白的心情去沉寂成一個佛字，是我所願，卻不——能！

當下覺悟，絕然斷情，我做不來！情義韁鎖就此驅使我行走於泥濘心路，我常常說，我不是一個適合外遇的男子，因為我不夠壞！

受妳吸引，相知相惜相愛，是我生命中最大的意外，一向以理性思考，把事業和生活規劃得絲毫不亂的我，終在遇上妳後，毫不猶豫的打破所有模式。

妳來應徵房屋銷售員，妳完全沒有經驗，卻說服了我讓妳嘗試一陣子。妳嬌柔媚麗，又纏又膩，買妳房子的客戶會主動的介紹朋友，指定找妳洽商。妳那不設防的熱情，兼具冶蕩的誘惑和家人骨血般的親暱，使妳的業績一直名列前茅！我認為妳值得培養成一名優秀的銷售人才，特意的在妳與客戶洽談中協助妳，在晚餐和宵夜時傳授妳技巧，KTV、鋼琴酒吧裡單獨為妳擺下慶功宴……我是真的疼妳，像溺愛的長輩任憑小兒女撒嬌一樣寵妳，直到妳似笑非笑的問我：「怕不怕我愛上你？成了老少配？」

我哈哈大笑。「白髮配紅顏，豈不妒煞天下未婚男子？」記得當時這麼回答妳，妳懶懶的瞅我一眼，微笑低頭。這一眼，情思惘然，春風般難以捉摸，卻讓我深藏在冷靜婚姻地表下，那一顆多情種子，萌芽！

不怪妳，都不怪妳！因為年輕，妳昂然投身烘爐，相信妳所確認的愛，值得妳用全生命去追隨。我脆弱的理智藩籬，阻不住妳火熱情焰，若還有理智，就是我仍努力護住心頭一絲清明，不讓天地俱焚！

暮色山影，古寺夜課，我就在禪寺外的停車場，直坐到弦月初升。情愛、道義，交織羅網，一把慧劍提在手中，切斬的都是自己！妳眼中的一顆淚珠，我以心中一滴血還妳，而妻子兒女身上血痕，我又能拿什麼還？

不忍傷害妳，不忍背棄家，兩個不忍追趕著我撕扯，我只能偶爾逃跑，逃到這個摒絕世情的山中禪院。

我也只敢靠近而已！佛門雖大，我這揹負著一大包情債未償的紅塵男子，卻跨不過那幾級白玉琉璃鋪砌的階梯！跨不過！

桃花

和雪昭去了師姊的神壇。

你應該記得雪昭吧？有一次我們一起喝過咖啡，瘦高個兒，文靜秀氣的那個，她跟她男朋友鬧翻了。交往三年，說斷就斷，雪昭傷心極了！師姊說時機未到，要二十八歲，姻緣才有份。其實我了解雪昭，她感情上的潔癖，男朋友隨便一點點瑕疵，都會變成不能彌補的裂痕！二十八歲？雪昭今年二十五，三年後這世間真能生出來一個十全十美的男人？我存疑！

因為，這世界上只有一個完美的男人，你，已屬於我。

我有恨，有怨，但不管怎麼恨，怎麼怨，並不影響你深植我心中那完美的印象。我想，我很清楚我無理取鬧的原因，愛上你，在你有妻兒子女之後。所以你不能給很多時間，不肯說一句海誓山盟，在你我短暫的可憐的廝守時間裡，甚至得不到你一句承諾！可是，為什麼你疼我寵我愛我的感覺，偏又明明白白的讓我感受得到？

我已不是當初那個和一個好男人譜一段戀情，收集足夠回憶就滿足的女孩。依偎你愈久，我愈捨不得你。而我沒有理由把你搶過來，一點理由都沒有！

我要一紙婚姻證明書，向人間註冊，確定可以和你天長地久！但我不敢說，我若不顧一切要求你，以一個遲到者的身分狠心奪取座位，你就不再愛我了！愛，可以讓我無暇顧及生命的毀滅與否，但人間一場遊戲，有些規則，還是不得不遵守的。

請原諒我，對你的愛太深太濃，讓我一直做不好「情婦」的角色。

怎麼又扯上這個無解的習題？唉！你最討厭我說情婦這兩個字了。

神壇師姊據說能通鬼神，陪著雪昭，我聽她說了許多玄之又玄的答案後，她突然針對著我說：「小姐，妳命底帶桃花！不是桃花運，是桃花劫！」

我請她說清楚些，她卻微笑不答，只說我劫數難逃，難解！

我也覺得難逃，難解，如果你是我宿命中最美的一枝桃花，我情願錯！

愛與死

即使我錯，需要她用生命重覆向我控訴嗎？

第二次自殺的妻子，急救後醒來的臉，蒼白虛弱，卻彷彿隱藏著些許報復後惡毒的欣慰！她吞下大量安眠藥時除了傷心之外，一定還有另外的情緒。「逼死了我，你能否安心？」遺書上她拙劣的字跡，明白昭示她的恨意！

任何一項傾盡生命所完成的壯舉，我們都必須承認它的價值！她成功了。親戚朋友不肯諒解我，孩子不再信任我，她確實把我困入眾叛親離的角落，再難突圍！

那一夜，我理性的，再次試圖與她溝通分手的可能性。我並未驅逐她離開慣有的生活世界，我只是要求多一點點空間和自由，不要她持續以諜對諜的方式偵測我所有的行蹤，我甚至保證，她和孩子我都不會捨棄。我勸她，當情愛的活泉已在冷漠婚姻中乾涸，與其聚在一起互相猜疑謾罵，不如各自帶足飲水糧食，分頭自去尋覓綠洲，我這麼說，會如此難以接受嗎？

「除非我死！絕不讓你和那狐狸精如願！」她歇斯底里的下了這樣的結論。

急診室外，我突然想到，她是——愛我的！甚至超越她對自己生命的珍惜！可是她不相信愛情裡有寬容和互釋，她的愛以仇恨和報復來呈現其獨占性！她可以不懂男人世界的工作壓力和言談思想，但這男人屬於她，則是她誓死堅持的信念！

妳能說她錯嗎？

她的愛像一缸深沉止水，我必須沉潛在缸底，透過玻璃，讓她看得我的鰭和鱗；妳，妳的愛卻是一彎激蕩清溪，任憑我躍波戲浪，讓鱗和鰭在陽光下閃亮生輝。

兩種愛的面貌迥異，我懂我需要什麼，卻不容我選擇！

她回娘家休養期間，孩子仍然如常上學，回家後沉默的喫著我買回來的便當，各自去做功課。孩子的傷心無助，留在睡前偷偷飲泣！我半夜凝望著孩子頰上淚痕，心如刀割！

我也有恨，有怨！我恨一個當母親的忍心以自殺的手段讓孩子恐懼！這將在孩子人格養成上造成障礙，她不懂嗎？她的確不懂！於是我又剩下怨，怨這份愛已被世俗禮教、人情義理咄咄逼退到最荒寒的角落了，卻還是無可避免的——傷害了孩子。

如何解脫？解脫這無所遁逃於天地之間的感覺？

要糖吃的女孩

我終於明白，這些日子來，你那疏離冷漠的眉睫間，原來遮掩住多大多深的傷口和疼痛！我不要！我不要我那自信、優雅的男人，因為有我，全變了樣子。

我不知道你妻子的弟弟怎會曉得我，他找我上咖啡廳，告訴我你前陣子好幾天沒上班的原因。他的姐姐自殺了，而且是第二次！你怎麼可以這麼狠心？按住你滴血的傷口，縱容我向你索取一朵又一朵的微笑！你難道不相信我，來自世情的壓力若是千鈞巨石，我寧願和你一起粉身碎骨，也不肯放開摟抱著你的手。

可是——如果這塊大石頭是因為看到我抱著你，人家才砸下來的呢？

愛我，請愛我公平些，我不是只懂得撒嬌，只懂得膩你、纏你，向你要糖吃的女孩！愛上你，辛涼澀苦遍嘗，你怎麼可以自私的藏住所有的辛酸滋味？

三年七個月零三天！從踏入工地，進你辦公室喊你經理開始，到昨天晚上一邊燒信燒日記，一邊放聲大哭為止。終究能夠體會，愛情，也有它無能為力的時候！

今天，我沒辦法上班，昨晚哭得胸口好痛，今晨醒來渾身無力，眼睛又紅又腫，醜死了！我不要你看到我這樣子！明天呢？後天呢？也許，我不該再去上班了。可是，我真的，真的好想再看看你，再以最溫柔最溫柔的唇印，壓平你眉際長鎖的憂傷！然後，像往常遇上難纏的顧客一樣，向你說：「好辛苦，不玩了！」

不玩了！好不好？

你那小舅子真是好人，沒罵我，沒打我，連一句重話都沒說，我哭得最凶的時候，他忙著拿面紙給我，還打翻了咖啡杯……你老婆要有他的一半好，我們，我們就別逼她了！我已經答應你小舅子，我會很快的換個男朋友。

如果我消失了，你眉結要放開讓我安心，我會傷心一陣子，但你不看我愁眉苦臉的樣子就沒事。我保證，我不會自殺，我愛你，任何讓你難過的事，我都不做！

突然好想去你常去的那座禪寺，每次你去那裡，都會變得好平靜，好安靜，我最喜歡你那舒散閒適的樣子了！

忘記從哪裡聽來這句話：「不懂蛻皮的蛇，必將困死在一千層昨日之皮裡。」意思我懂，但我不知道蛇蛻皮時牠痛不痛？

痛不痛呢？

滅情

緣起，情生，緣盡，情滅。

一段情緣，妳以年少輕狂，成就我一番中年歷練，如今，妳抖落溼透羽翼的水珠，翩然渺入雲天深處，無力展翅的我，垂頸墜落人世風雨，誰來與我依偎取暖？

我並不重要，但妳，妳呢？妳絕然孤飛的姿態彷彿無牽無掛，只有我才知道，妳振翅而起時有多艱難！妳受的傷有多重！

那一天，我在孩子睡沉的時候，驅車獨上這座禪寺，暗夜山徑，星光月光點滴淒涼，如我詭譎多險的情路。半個月來，妳沒有上班，我以公司的名義探詢過妳可能落腳之處，都無所獲！妳聰明刁鑽的才華在逃避我時顯現出來，一邊找，我一邊讓心情逐日沉寂，你一定知道我發生什麼事了！也一定認為，如果妳我確定執手一生，必須毀滅另一個女人的生命才能完成，妳不肯！

於是妳選擇分手！並且悄無聲息的離開，我懂妳，妳不願意分手時在我眼前哭泣，妳也了解我，妳一顆淚珠的重量，將會使我已死的心沉入地獄！然而，我怎麼會不擔心？妳這愛熱情烈的女子，抽離情愛之後，冰冷的身軀誰能給妳復甦的暖意？

小禪寺在深更夜霧中，獨嘗寂寞況味，有風，輕輕，推動寺後濃密竹林，發出像古老木門緩緩闔閉的聲音。我一如往常，在寺門外合掌禮佛，遙獻一瓣心香，卻發現一位孤零零的女子，跪伏在佛堂蒲團上。

長裙薄衣，擋不住夜寒如水！那削窄雙肩正輕微顫抖，從不曾見過妳如此虔誠的姿態，然而這背影，這鏤刻我生命版上最心疼的倩影，卻讓我毫不猶豫的輕喊出妳的名字！妳跪直身子，回頭看我！我看到妳烏雲長髮掩映的側臉，小巧挺直的鼻，緊抿的嘴角，微瞇著淚光瑩然的眼！我衝過去，擁抱著妳，妳的手臂好冷，臉頰好冷，唇，好冷好冷！

在那一刻，諸天神佛只管瞑目垂視眼下一對癡苦男女！終究不肯垂手引渡。或者，或者今世各有姻緣未了，這人間苦海仍得走一遭！

「且待來生！」妳說：「信和日記，我都燒了，魚籃觀音我留著，讓祂見證，我願以今生所有的思念，換取來世與你重逢。」

妳在我胸膛上仰起臉，像急雨後迅急凋敝的玫瑰，笑得燦爛驚心，妳說：「我在說癡話，說夢話，我本來就是個愛作夢的癡心女子，這輩子別當真，下輩子可不能忘！」

離開小禪寺時，妳堅持騎著摩托車，我尾隨著妳，一直到山腳下平坦的岔路口，妳依然堅持著要我先走。

路分兩頭，各自歸宿！

竟是無語相送！

幾個月後再次上山，時序已然由冬入春，暖日薰風，只是我肌膚的感覺，我臉上，心頭，仍是一貫霜雪漫天的氣候！

想念妳，將成此後我寒涼歲月裡，唯一取暖的方式。

妳是我的天涯

井水

有一首歌，我希望你聽。

歌詞一開頭就說：「很想給你寫封信，告訴你這裡的天氣。」

聽這首歌的時候，我一顆心又酸又疼，淚水不爭氣的直掉！還好，我是自己一個人窩在小樓裡，在寂寞他鄉一間租來的寂寞小套房裡，不會有人看見我哭得像個淚人兒。

沒人看見！沒人看見也就是說，就算我「哭死了」都沒人管我理睬我！一想到這點，我更是足足傷心了一個鐘頭，一個鐘頭內一直重複播放，把這首歌也聽了二、三十遍。

然後，洗臉，用熱毛巾敷著紅腫的眼睛，睡了一會兒，爬起來寫手記。

如果我可以寫信給你，我一定告訴你這裡的天氣。我知道你習慣每天晚上看電視的新聞氣象報告，這幾天氣象台說有寒流，果然就把我給凍僵了，尤其中部山區，有一點點海拔，到了晚上更冷得難過！你愛說女人是水做的，說我也不例外，甚至比較複雜。你還分析出我有海水、泉水和淚水三種成分，說我有海的潑辣善變，有泉的冰清婉媚，淚特別多是因為我心軟！但總是水，最容易感受溫度，所以我怕冷。但和你在一起的時候，我卻喜歡寒流，喜歡凍著臉頰凍著身子，讓你疼惜著把我圈緊，慢慢的在你懷裡溫熱……那是以前！現在，現在我哪裡找來一個我心甘情願繾綣的胸膛？

我也一定不只告訴你這裡的天氣而已！我還會告訴你，離開你之後，你最心疼的女人又多了「井水」的成分，相思的青苔，爬滿了歲月的井壁，而一方不動的止水如鏡，只肯映照你幽深容顏。

我，我是真的想你。

白天上班的時候還好，房地產的景氣雖然不佳，新推出的山坡休閒小木屋來看看問問的人還是很多。我仍然是幾個售屋小姐裡客戶最多、最忙的小姐，但這裡沒有我的「經理愛人」幫我，鼓勵我了。受了客戶的委屈，我們那俗不可耐的經理只會說：「忍耐，忍耐！

做生意嘛！」白天，忙得氣得我只能把你淺淺的擱在心頭。

晚上，回到自己的窩。拿出手記簿子，拿出筆，再把你小心的捧在手心，仔仔細細的描繪你深情的眼眸，直到回復你眉目清楚的樣子，我才肯安心去睡。

夢裡，你就會尋來，為我蓋被或拭淚！

我還想告訴你——告訴你……這首歌賺我眼淚，就是因為想說的話太多，卻不能說，終歸只敢在心底偷偷問過千百遍：你，還好嗎？

你，沒有我的日子，你有沒有想我？想不想告訴我你那邊的天氣？

仰望青空的鴕鳥

半年來，我活得像隻鴕鳥！

踩著急促不安的蹄爪，像追趕，也像逃跑。追趕著銷售表上的業績預估坡度，督促手下一群散漫的售屋小姐去了解預售屋的整個情況，去模擬所有客戶可能提出的疑問。自妳離開公司，我就再沒遇過像妳這般蕙質蘭心，卻又敢纏敢媚的售屋小姐了。

出門上班，我總有逃跑的感覺！家，一貫的陰沉氣候，她密雲不雨的臉色，詭譎的呈現她持續的懷疑和怨恨！她確定妳已遠離我的生活，但她無法掌握我生命情境裡有哪處角落仍築座性靈小屋，密藏妳海市蜃樓的倩影！

而我那絕對寂靜的生命底層，原也不是她所能探觸的世界，有妳，沒有妳，都一樣！婚姻、兒女，世情義理下，我早活成埋首「金沙」的鴕鳥，一口口啄出「沙金」，供給一家生活所需。

就算必須一輩子重複這樣的動作，就算註定此生再無展翼飛翔的機會，我可不可以偶爾伸長脖子，仰望青空？撲一撲我那短小無力的翅膀？

妳就是我宿命烙印的記憶，我靈魂唯一的戀侶！愛情渺遠若我前世遺忘的一口井，被困入今生婚約牢籠的我，能不能自己作主，讓一點真心投井自盡，只留軀殼盡他人間丈夫的責任？

我仍然偶爾跑到山中小佛寺，晨光或是月夜裡，微醺或是濃醉時，貼近香火寂寥的小禪寺，讓我有摒棄世情的片刻休憩。我們在這裡分手，在菩薩慈悲法眼下立誓來生再聚！這裡有妳忍咽的語音還在風中迴旋，有妳一襲薄衫般的柔軟雲影，我們並肩倚暖的石階青苔，已在初冬寒意中逐漸萎頓枯黃……看一樣熟悉的景物，翻一張記憶的扉頁，終只能收拾心情的流連不忍，讓無味的身軀回去撐持塵世一方屋頂！

不敢追索妳的氣息，不能搜尋妳的蹤跡，放任怕冷的妳抖顫在任何一處孤獨的道路上。寒流洶湧，我擁擠的一彎懷抱，竟容不下妳一舟輕帆！

半年！兩岸青山，行行漸遠，妳我的距離已有多遠？有多遠？

情關

雪昭你認識，我也給過你她的電話，但你一通電話都沒打過，沒問過？你那麼篤定，我一定還在「人間」受相思的煎熬嗎？八個月了耶！

跟你在佛前分手時，我保證我不學你老婆，不尋短見，讓你傷心的事情我絕不做，但你如果不再關心，不會傷心，我死活你都無所謂的話，我是不是可以取消我的保證了？

問雪昭你的事情，心疼你胖了瘦了？快樂或不快樂？問來一個個不知道！我怪雪昭不主動跟你聯絡，她說：「怎麼沒打？第一次打，他們的小姐說經理出去了，我留了姓名電話他沒回。兩個月後我再打，這回是說副總經理不在，也沒下文，他職務愈高當然愈忙。多久了妳還惦著他！還交不來一個新男朋友？」

離開你的時候，孤單、惶恐，像走在沒有方向的沙漠中，一丁點記憶的塵沙都會打得我生疼，我必須離開熟悉的場景，以確定不被觸及傷口！甚至特地找了一家在山上賣小木屋的建設公司，讓足夠的空間來冷卻再度尋你懷抱的渴望。離你太近，只怕我號啕的淚水，將會泥濘了你的前途！

你送我的白玉雕像、魚籃觀音，夜夜站在我的床頭櫃，看著我這情癡女子，如何為你茶不思飯不想，為你瘦減了腰身臉頰！而你，你在離開我之後的一帆風順，步步高陞；離開我之後的視同陌路，顯然你對情傷的癒合能力，比我強上很多。

難道相思兩字，只有女人沒有免疫力！難道說女人一入情關，就一定難逃羅網？再無破門而出的機會？

或者，我該試著答應阿洪的約會，他是建設公司的小老闆，本質不壞，非但沒有富家子弟的虛誇浮華，反倒木木愣愣的像根消防栓！他絕不是我愛情舞台上的好演員，如果能說好不惹感情，他阿洪會是我台下的一個忠實的朋友！

說不定，介紹給雪昭！雪昭情感上的潔癖沒變，每一任男朋友都被挑出一大堆毛病，我倒要看看她如何批評一根消防栓！

我知道，我不該在怨著你的時候，去和男人約會！女人的情感在最脆弱時最易變！獨處他鄉的日子，我慣用對你的思念排遣寂寞，八個月來，思念你已經成為我生命型態中不可剝除的一部分！阿洪？就決定介紹給雪昭了，免得他老纏我！

我依然堅信，你沒忘了我們曾經期許來生。那麼——是不是我約不約會，我今世活成什麼樣子，你都無所謂？

你，你怎麼可以這麼理智？

同心結

終於明白，妳這愛嬌情熱的女子，總會尋來一處供妳停泊的溫暖海域。

一個月一通電話，妳那摯友雪昭漠漠淡淡的回我同樣的話：「她過得很好，我不知道她在哪裡，她不肯留電話，你就別再打擾她了。」

我只想知道，我那長懸心頭的輕帆，是否風平浪靜？我只想保證，當險巇惡夜橫阻妳的航道，我依然是永遠守候著妳的燈塔，是妳在人世波濤上一回頭便可望見的一盞燈，妳需要光與熱時，皆可向我索取！

而雪昭的冷漠，亦有護持妳的情意，我懂！超越俗世規範的愛情早被界定沒有藕斷絲連的權利，她不懂的是我倆的分手，只為各了今生的宿緣，不再忤逆人間義理的一種認命！但我倆有約有諾，今生雖忍心釋手，深情卻已烙印，來世必將相尋一雙熟悉的眼眸。

我相信輪迴！也相信死生契闊的一線情絲，終將輾轉盤成同心結，但各自姻緣所積欠的情債太多，真愛總在太早或太遲之際錯身而過！因此，在這段日子裡，我全心全意在工作上衝刺。我必須承認，一段緣起緣滅的過程，容我涵泳深悲極樂的況味，是我枯寂一生中最大的福分，是蒼天賜我最重的恩寵！宿命若然註定，妻兒子女是我今生必了的情債，我願全力以赴——而不必留待來世！

她的護持，她的淡漠，是過慮了！

我只希望，希望妳在今生，莫欠太多來世情債！

阻絕音訊已近一年，前幾天我又撥電話給雪昭，她告訴我不要再跟她聯絡！說妳已有一位拙重樸實的男朋友，是一家建設公司的小老闆。護花有人，她勸我——不用關心妳，忘了妳！

我會忘，只相忘今生！這卻是雪昭這俗世女子永遠無法諒解與了解的深情。

此後風雨晴陽，請自珍重，珍重！

不要誤會我

你一定誤會了！

如果阿洪是我男朋友，我會感激並且懂你微笑裡的寬容大度。但他不是啊！一年，一年來魂縈夢繫的容顏，竟在乍然重逢的一刻，只給我一個微笑！一聲冷淡而優雅的「好久不見，再見！」

你難道沒看到，我在你車後伸臂挽留的手勢有多絕望？

你難道不知道？你急轉彎急煞車，山路上車開那麼快，我有多擔心？你為什麼不想想，今天是什麼日子？在分手滿一年的今天，我回到山中小禪寺，如果我有了新男朋友，我會帶他來嗎？你一向的冷靜睿智哪裡去了？

下山找雪昭。把阿洪丟在客廳裡，躲進雪昭房裡我哭得好慘！哭過以後，我比較能夠安靜的分析自己的心碎了。

以為經過一年，我可以慢慢將你淡忘，重臨小禪寺，我原以為也可以淡淡的回頭審視曾經刻骨的美麗！像蛻皮的蛇，回頭望著一段斑爛的舊殼。我怎知道，我向菩薩再度確定我們的誓言，我會控制不住自己的淚！為什麼只是落單的我孤獨的面對菩薩？你呢？你呢？

出了寺門，阿洪扶著我乏力的身軀，關心我臉上淚痕，我無助如大海溺水的人，而阿洪是唯一可供暫時攀附的浮木，我寸寸思維裡全是你，你一年前憂傷深情的眼眸。

你換了新車，你在車內只看到一雙依偎的情侶走了出來，而那女人正倚著男人的肩膀！所以，你慢慢的把車子滑到我身邊，開窗深深的看了我一眼，丟下那句話就衝下山去！

你可以停一下的，我淚眼模糊怎看得清楚是你！你只要多停三秒鐘，我一定會上車，你知道我多麼多麼的想在你懷裡，好好的哭個夠！

哭過之後，也許我什麼都不說，但我會窩在你懷裡多一會兒，我要拿多一點點你胸懷的暖意，好在他鄉冷落的山上禦寒！

一年了！我才見你這麼一次面！我傷心難過，就是因為這樣一個小小的、可憐的心願，你都不肯給我！

阿洪更可憐！他沉默的熱情、戰戰兢兢的愛意，深蘊在他笨拙的言詞裡。當他忍受我傾吐對你的思念時，只會痛苦的揪緊他那一頭濃密的髮！我告訴他，舊情雖斷，但你盤踞的影子依然濃黑如夜，我接納他是欺騙他！他信誓旦旦願意等，願意幫忙呼喚太陽快升空……我唯一不忍告訴他的是我已打算將你的身影，關在心頭一輩子。

阿洪不是我的愛，他拙拙的像棵大樹，當我想你想得天地欲焚的時候，我可以躲進去一會兒樹蔭下，他不懂安慰我，卻也不吵我！這也就是為什麼我到小禪寺不拒絕他跟來的原因。不要誤會我，好不好？就算我們的愛會在時光流轉中慢慢消磨，也不要讓怨或恨取代，好不好？

妳是我的天涯

沉默，逐漸成為我慣有的言語；冷漠，是我慢慢堅持的表情！

情緒最激盪的時候，我不再相信愛情會天長地久！

然而，那只是情緒，一種不該存在的嫉妒，占據我澄明的心境。小禪寺外，我用我的心碎來讓妳心碎！用我的苦來成為妳的難！當車子衝下山路，逐漸平緩於壅塞車流中，我開始後悔，一個一直疼妳寵妳的人，怎會在那一刻，以如此幼稚的方式，來讓妳傷心？

我問過自己，最恰當的方式是什麼？

當妳在人生世途上走出成雙儷影，我應是路旁凋傷冷木，以寒涼的枝椏指引妳方向；當妳與另一雙翅膀比翼飛翔，我只能是微風，是妳透明、無跡可尋的依託！

那該是我唯一報答妳的方式！

妳曾是我黑暗中的戀人！當妳擺脫陰鬱，擁有一方陽光，我必須認命，讓黑暗掩蓋我所有吶喊的聲音和表情。妳也是我的天涯，人世關山千重萬里，我那情癡孤絕的靈魂，飛得好辛苦！

乍見妳依舊豔媚的臉龐依偎另一個肩膀時，我激盪的情緒波濤，沖毀理智的堤防！請原諒我的失態！

我會打給電話給雪昭，請她求她傳達我最深的歉意——和祝福。

夢度今生

藹

我已經不知道，我該怎麼辦了。

最愛你，最信任你，最想求助的也是你，可是我怎麼拿我跟阿洪的事來問你？「你是我一生永遠的愛和思念，但，我嫁給阿洪好不好？」我能這麼白癡的問你這個問題嗎？

可是，這卻是好幾個月來，一直快把我扯成兩半的問題！我猶豫、徬徨，像站在岔路口淒慘的女孩，踮起腳尖往兩條路上張望，都是令我駭怕的未知雲煙！你擁有婚姻，也經歷過愛，我好想好想你能告訴我一聲，我適合去堅持愛，還是應該甘心走入婚姻？

只要你說了，我一定聽你的！你最疼我寵我，也一向不捨得我受苦，而且睿智的你，比我還了解我自己，只有你最知道，我該走哪條路。

我仍然把你擺在心頭。厚厚的一本手記簿子，記下的全是我的思念，你的容顏！初離開你的時候，我在中部山區賣小木屋，第二年，隨著建設公司轉到山城市郊。公司現在要我帶領幾個售屋小姐，掛個襄理的名字給我，阿洪——那個董事長的兒子，現在升為銷售部當經理，那是你我初識時你的職位。

每當我走進經理室，喊他經理！總有一剎那的怔忡！阿洪一直待我極好，一種我清清楚楚的愛慕和渴望。但他不是你，你當經理那時，我愛極了你眼底沉思與智慧的光芒；愛得忘了你有妻兒子女的事實！你有種自然散發的優雅和憂鬱的氣質，阿洪永遠沒有這樣的魅力，可以撼動我。

想起舊日輕狂，舊日情迷，偶爾我會不自覺的嘆氣，酸疼入骨的一聲輕吁，常常惹得客戶或小姐不解的看著我。他們不懂我的心事，阿洪懂！他總是又憐惜、又痛苦的投過來關心的眼神。

他知道我忘不了你，忘不了！

可是我不能投入你懷抱，無法和你共度一生！我必須忍痛由你去作那人間丈夫，去照顧一個家，一雙兒女，和以一紙婚書把你困入玻璃屋中的你的女人！

甚至我們已經分手！在那山中禪寺菩薩座下立誓今生不再牽纏……你的妻子不會自殺，兒女不會再受傷，你更不必辛苦的隱瞞或自責！只有我這傻女孩一縷情絲未斷未絕，終於成繭，隔斷了全世界的關心和擔心！

我真的真的忘不了我倆的愛，但夠嗎？這一份清冷孤獨的愛，夠給我力量去摒拒紅塵界定的幸福和婚姻的誘惑嗎？

你能不能告訴我？當愛和婚姻背道而馳的時候，我該追隨哪個方向？

情牽

總是一種淡渺的思緒，遊走在熱焰飛騰的生活界面上。

生活的定義，對一個男人而言，是職業，而我卻走入敏感度和競爭度最高的房地產行業，更是第一線的銷售部主管，肩負著售屋業績的成敗責任。董事會、工地、客戶、售屋小組的管理和銷售策略的研擬執行，占據我絕大部分的時間，交出一張漂亮的成績單，在董事會上受一次肯定，肯定我這副總經理幫公司賺錢的能力。

薪水和獎金，拿回去供給一個家安心！然後放鬆自己，讓一夜昏天暗地的睡眠去凝聚隔日衝刺的精力……再然後呢？一日日一夜夜過去，弦綳緊放鬆，放鬆綳緊！待驚覺彈性疲乏之時，攬鏡自照容顏，會不會已成年輪深烙額際的皤然一翁!?

這是一個男人，生活和生命的真相嗎？

兩年！喧囂人世裡，我讓生命走成一條筆直而單調的軌跡，而妳，妳呢？妳是走入婚姻？還是正談著另一場戀愛？我只能夠肯定的是不管妳走的哪條路，都會比跟著我還正確！

至少，人間義理，俗世規範會架著妳！糾正妳必須遵循的方向！一年前偶遇，我見到妳和那建設公司的少東，走成依偎儷影之後，屬於我倆的記憶，我終能將之封箱沉埋在心中一處荒寒的角落。

緣若盡，該接續的應是情滅兩字！然而，度過許多情感之後才明白，最為難自己的，還是情感！我送妳的魚籃觀音妳帶走了，妳也不會留下任何可供追懷的東西，但山中小禪寺仍在，妳跪伏在菩薩面前回頭看我，不捨與絕滅的淚眼，依然鮮明！每次走近禪寺，那股情牽的遊絲便聚攏來，拉扯著我的心。

思念，也有痛的感覺！妳能懂嗎？也只有妳能懂，那是我無味生命中唯一清醒的美麗與哀愁。

愛是渴望投入的溫柔和堅定

媽媽說：「妳到底有沒有男朋友？別挑呀撿的，撿來一個賣龍眼的。」

爸爸一向嚴肅沉靜，但他疼我，他說：「妳二十幾了？滿二十六了？也算適婚年齡了，加把勁！找個老爸和妳都滿意的回來瞧瞧。」

雪昭一直在情海中浮沉，她快逼近二十八了，卻一點也不急。她這麼說我：「別人要追求，是『他家』的事！問題在於妳動不動心，接不接受！只要有一分勉強自己，婚後就可能付出十分的代價，才能說服自己心甘情願。」

對待愛情的唯美主義，讓她在處理男朋友的事件上，表現出絕然斷情的勇氣！我沒辦法，我多情心軟，容易被真心感動，阿洪是個好人，他對我的好都出自真心。我曾在最思念的時候，哭倒在他懷中，告訴他我無法相忘曾經一份絕望的愛，請他尋找另一位完美、完整的女孩子……然而這也沒嚇著他，甚至他誓言用一生的時間，陪我療傷！等我痊癒後，嫁不嫁他都沒關係。

我手底下幾個售屋小姐都倒追他，撒嬌獻媚示好，他無動於衷，卻持續不著痕跡的追求我！小姐們都說他怕我，他的小心翼翼，我怎會不懂？

問題在於我對他沒有愛的感覺！和你共譜的一段情緣，我從未後悔，我知道，愛是一種全心全意的信任，一種渴望投入的溫柔與堅定，而你的身分，卻讓那段有愛的日子裡，分分秒秒俱是扯肺撕肝可生可死的痛啊！

如果，如果不是你妻子兩度自殺！我還是情願一生做你的紅顏知己，而不嫁人！

如今，分手兩年多，我確實不再苦苦折磨自己，並且比較能夠考慮我的一生該如何過？一個家是我這平凡女子唯一的歸宿嗎？缺少婚姻兒女，一個再堅強的女子都會有孤單的感覺，是不是？然後，我想到阿洪，他可以給我這一切！

可是我要不要呢？當我把所有的愛都給了你，沒有愛的我，能不能接受另一個男人的愛而走入婚姻，只為了讓父母、讓關心我的親戚朋友安心？

如果讓你知道，我已走入婚姻，你是安心？還是傷心？

千瓣蓮花燈

很意外，雪昭會主動跟我聯絡，但她卻捎來妳即將訂婚的訊息！她說妳叫她問我，肯不肯答應妳結婚？

我沉默很久之後，才能告訴她，我尊重妳的選擇。

愛，絕不是一種壓力或約束！在分手兩年七個月裡，妳已走出一大段歲月路程，曾經的情愛是妳身後的風景，如今妳回頭，青山悠遠，雲水纏綿處，我那佇立原地的身影渺若煙嵐！如此相問，是妳最後一次的輕嘆嗎？

我又回到小禪寺，自那寂寂的午後，一直坐到一輪滿月升上寺後山稜。往事一幕幕浮現，初識時妳的悲絕壯烈，午夜繾綣時焚天焚地的熱焰，臨別，妳清冷的淚靨如風雨中的薔薇……就在眼前山寺，相約來世的癡語，或者可能安慰今生單飛的魂翼，卻終須在歲月遞嬗中如風消逝！

消逝如風，呵！

雪昭還問我，沒有愛的婚姻會如何？她說妳正重蹈我的覆轍，所選擇的伴侶也缺乏真愛做基礎！她說她看得清楚，是那男的一頭熱，妳只是被多次感動後的一時心軟而已！

小禪寺外，圓月清輝照著竹林山稜，柔軟和剛硬的明暗線條，劃分人間天際！稜線之上繁星點點，在澄藍夜空中透出光芒，稜線下，人間如墨！明滅燈火聚散似螢。一盞如螢燈火是一個家庭，由生到死中備嘗甜蜜酸辛滋味，有愛，這一盞燈或者堅定溫暖些，就是如此了，蜉蝣人生，幸福或不幸福，都轉眼成空，成空！

少了愛，道義和責任會自動填補婚姻的缺陷，並且在相伴偕行的世途上疊聚靈肉糾纏的情分，有了孩子，便成骨血牽連的親情，必須支付一生歲月才能釋手！妳有多情纖柔的胸懷，也有果敢擔當的智慧，只要那男人沒有特別惡質的本性，妳在婚姻中的經營，必獲倍數回報。

有愛，沒有愛，妳都適合走入婚姻。

妳是情熱的世間女子，我孤冷傲岸的心靈吸引過妳，進入婚姻後是否互相沖合而圓融，誰都無法斷言，然而相遇時遲，愛戀在荒天絕地中呈現詭豔淒美的魅力，這正是妳我不忍相忘的緣由。

然則今生的誓言，能否印證來世？在妳即將走入婚姻之前，我一向深信的宿命，卻冷冷、冷冷的以嘲弄的眼神覷著我，不搖頭也不點頭！

夜最深時起風，霜寒露冷，透衣如水，我回頭看著小禪寺內佛前兩盞千瓣蓮花燈，彷彿，彷彿那已是我人間唯一的溫暖。

一朵深蘊的情焰

好難整理我的情緒和感覺！

酸苦、心疼、不捨……揉和成一個愛字，我終於知道，原來，這也是愛，是一種剝離侵占慾望後純質的愛。自小禪寺回來，好一陣子我像喝醉酒一樣，思緒一團混亂，卻又有種說不出的快樂和悲傷！

我和雪昭把白玉雕琢的魚籃觀音送到小禪寺。我希望，在輾轉掙扎後選擇走入婚姻，我能夠專心點。我的專心或有隱微報復的心態，我怨你在分手近三年內，果然堅持忘情而不聞不問！上山途中，雪昭才告訴我，剛分手時，你每個月都打一通電話給她，關心我！我怪雪昭瞞我，讓我痛苦那麼久，她卻說：「我不了解妳？不做壞人行嗎？你們那時候隨便誰一聲溫柔或淒涼的喊叫，又會黏在一起，哪有妳現在的洪家少奶奶？」

她沒錯！可是獨自跑到他鄉療傷的孤獨和悲苦，如今想來依然讓我心痛！我只能又怨又恨又感動的瞪著雪昭，含淚嘆息！

雪昭到底在你和她聯絡時，造了我多少謠哪？而我，我在你心中又成了什麼樣的人？和阿洪訂婚前，我把我倆唯一留存的觀音雕像，捐給小禪寺，我甚至打定主意，假如我走不好婚姻路，就來這裡「出家」！那時候，我就可以毫無牽掛的伴著魚籃觀音，修我們的來生。

沒想到，沒想到真能見你一面！我擺好觀音焚香祝禱時千呼萬喚的，就是求菩薩讓我能見你一面。

雪昭開車，我大喊一聲停的時候，雪昭嚇壞了！我跌跌撞撞的奔向你，下山的路上，我一定到處找尋你，才會在山寺牌樓右側的樹影下，看到坐在木椅裡支著下巴沉思的你！

那的確是你，每次你到小禪寺來，隨便倚著石欄，倚成意態闌珊的樣子，我在記憶中早已烙印千遍！

我奔向你，撲入你懷裡，那樣熟悉，那樣渴盼的暖意呵！我哭泣著吻著你的時候，才發現，你……你沒有熱情，沒有激動！你只是雙手捧著我的臉，拭去我的淚，讓我能看清楚你臉上的悲喜寬容，你眼中一朵深蘊的情焰，和你微笑的嘴邊我胭脂狼籍的唇印！

你移開椅子上的一本書，佛經！扶著我倚上你的胸口，像往常我們共賞山水時你環抱我的姿勢，你一直微笑著，等我心跳慢慢恢復正常時，你才長長的吁口氣，說：「就這片刻情障！下輩子誰都躲不開了！」

我只管傻傻的點頭，點頭：「下輩子太遠，就算毀天滅地，我也要在這輩子跟你！」這句話哽咽在喉頭欲吐未吐，雪昭卻按了喇叭！又長又響！呵，雪昭。

你輕輕的推我起來，我抗拒，不甘的搖頭瞪著你：「他不是……她是雪昭！」你微笑加深，手勢依然溫柔而堅定，直到我坐直身子，淒慘的看著你！

你吻了吻我的額頭，略一遲疑，又輕輕吻了我的唇，我才想起你臉上的口紅，拿出面紙，幫你擦乾淨！相似的心情，熟悉的動作，把往日軌外戀情的淒苦無奈全勾了回來，我嘆了口氣，淚，不爭氣的又直掉。

你說：「走吧！別讓等妳的人擔心。」

一步一回頭，淚眼裡的你，又模糊又遙遠，我只覺得我快昏倒了！雪昭倒車回來，打開車門，我扶著車窗最後一次看你，你，你已低著頭看你的書，不——說再見！

你知道嗎？在車內兩人沉默好久好久之後，雪昭突然說了一句：「妳沒愛錯人！他是個好男人，我喜歡他。」

我知道，我知道的！即使答應阿洪的婚姻，我仍然確定，你是我最愛的人！我從不後悔愛上你。

夢度今生

赤足踏洪波，裙裾絲襟彷彿讓江風微微拂動，菩薩垂睫含笑，慈悲的凝注手中竹編魚籃，魚籃內的鯉魚鼓鰭掀鰓，擺尾掙扎……我送妳的白玉魚籃觀音，放置寺內供桌一角，這是妳和雪昭上小禪寺的原因嗎？

籃中鯉魚，雕琢出無限生機，這是一尾在人世情海掀風作浪，在妳生命溪流中戲水躍波的精靈，牠若有名字，牠的名字應是「愛情」！

妳捨了嗎？

拜別觀音，我慢慢開車下山，山路蜿轉，一曲一折彷彿纏綿深遠，終歸迴向平直坦然煙騰火燎的人間路！

妳這人間女子，把愛情留在山中佛寺，還有什麼力量，能夠推著妳往婚姻路上走？

我想到我的家，我的婚姻，也找到了答案！愛情不是構成婚姻的絕對必要條件，親情、同情和人情義理，都可逼使一個人走入婚姻，並且慢慢甘願或——麻痺！

真愛或許會在夢裡偶爾蕩漾漣漪，然而，人生卻是一場更幽深更闇黑的大夢，那漣漪乍起即散，圈圈水紋中依稀一張熟悉且心疼的容顏，便只許留待來世的重逢！

終須相忘——在如夢的漫漫今生。

像一團火，一團熾烈的火焰中，妳悲怨寒冷的臉龐撲入胸臆，我沉寂於佛經禪理中澄朗的心境，霎時雨驟風狂！那一剎那，我彷彿墜落迷離綺媚的幻境，但覺淋溼的心靈羽翼，已無力鼓動，不再堅持！雪昭按了車喇叭！如此世塵喧囂，卻恍若妳我魔界邊緣的晨鐘暮鼓！妳這一生若是晴陽藍天，該感謝的是雪昭，她的確是個堅持冰清正理的霜雪女子！

也終於知道，我不是佛門中人！我多情的魔障依舊厚重的遮覆我，小禪寺我仍會去，去朝拜白玉觀音，去看那尾鯉魚何時停止不安的搖頭擺尾！

去求個——放心。

卷 二

道情

山水行吟
拋不去怔忡憂思
莫非一生只為
一句可參的偈

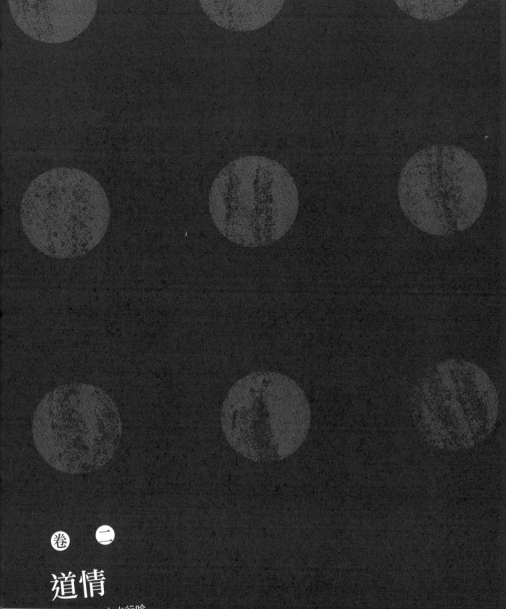

明月簫聲

羈旅他鄉日久，慢慢能夠確定，自己是個慣於飄泊的漢子。熙攘人群中，也習慣帶點懶散風塵的味道，漠漠瞅著這世間百態，雖說眼見耳聞絕大部分是競名逐利的聲色，然則，總還有拙樸如古詩的某些情節，會來挑動我久藏的繾綣深情，讓我忍不住跟著它擊節嘆詠，低吟淺唱。

那種感覺很像寒月荒山裡，偶聽一縷隱微流動的簫聲，叫人滿心甜蜜，滿心寂寞！

1

聽到簫聲時，我瞧瞧腕錶，十一點半。

我剛從書桌前起身，丟下尚未謄完的稿紙，拿下CD音響輕柔的耳機，躡足走出拓荒夥伴們此起彼落的鼾聲。腰痠手軟的夜貓子，除了門外寒涼夜色，還有什麼更能紓解整晚爬格子的辛苦？

然後，我聽到咽噎般的洞簫聲。或者是山風，或者是澗水激石的干擾，那簫聲聽來斷續曲折，添出幾分如怨如訴的滄桑。但，憑良心說，這吹簫人技術菜得很，仔細點聽，滑溜音、顫吟音、逗音、頓音全走了樣！

我又折回寢室，拿出箱底橫笛，就著微明山月，從半山腰的宿舍，追索那中氣略嫌不足的簫聲，來到山底清淺的水里溪。簫聲激盪著兩旁山壁，更清晰也更刺耳了些。

我知道，只要跟著水路拐過前面彎道，吹簫人就一定盤坐在溪畔那塊平整的大白石頭上。那是我時常報到的老地方。幫小說鋪排情節，為散文尋覓靈思，或是悶來煩來，躲開人群，自個兒調整情緒的忘憂石。

吹簫人毫無疑問是我工作上的夥伴，寒夜弄簫，聲聲啼悲，大有斷雁叫西風的淒涼意。我馬上判定，這是個新手！剛進公司不久，還不習慣工程人員身似楊花，魂夢繞天涯的命運，而這些，我早嘗過千遍萬遍滋味。

月光幽悄寂靜，山風清細微涼，我撮唇橫笛，一曲高亢壯麗的蒙古牧歌，霎時衝破一片傷心月色！大草原上牧馬的男子漢，天闊雲低，何處不是兒家？哪作興去牽扯來怨婦般的柔纏心情？果然，笛音清利如慧劍，簫聲情絲餘韻戛然斷滅。天地之間，只剩下嘹亮的長笛，反覆說明飄泊男兒的志氣和勇氣。

隔天，我們工地最老的老領班四處打聽，我聽他說：「昨晚，我怕吵人睡覺，去溪底吹簫練氣，不知啥人跑來逗鬧熱，笛子吹得真正好，袜輸捉龍的！等候我去找伊時，擱跑得無影跡！」

老領班清淨安詳，飄泊風塵久已不染眉睫，癡苦情境裡我強作解人，原來，原來是自己掙不脫罷了。

回到宿舍後，我偷偷的把笛子又塞進皮箱底層，再不肯拿出來洩露機密了。

2

每個禮拜四，水果坑固定有場大夜市。

夥伴全下山了，誰也忍不住那沸騰的燈光誘惑。那裡有各式各樣的吃食：枸杞土虱、生炒花枝、沙茶羊肉等等，都是最濃膩的紅塵口味。南北雜貨、流行服飾，甚至碗盤鍋鏟一應俱全，只要你缺點什麼，這片大夜市裡，儘管你慢慢的找。

我並不餓，隻身飄流的人，手上行囊愈簡單愈好，所以也不想添購什麼。我只是漫步在挨擠著的人客攤販間，去感覺這個趕集的古典顏色，領受草野小民潑辣辣迸濺的生命力。更多的時候，我的眼睛淡漠無情，傲傲氣氣的認定，這般世事空華庸俗，唯我一片身心水月無塵。

所以，我的腳步不急不緩，熱烈的叫賣聲當是耳邊風，「大俗賣」、「倒店貨」的招牌誘惑，牽絆不住我訣別的蹄聲，這種小小的、狡獪的心機，又怎能挑動我洞燭幽深的古井心情？

夜市角落的江湖場算是例外！我不但駐足伸頸翹望，嫌那人頭湧動遮我視線時，我還會不著痕跡的擠進那半圓的最內層，很有耐性的聽主持秀場的老闆，如何把華陀祕方一脈單傳到西螺阿善師；如何把培元固本強精壯陽，扯上他手中那顆珍貴的響尾蛇丹！或者，為什麼他能以紙符驅神使鬼，去香港把六合彩的號碼提前通知電腦？為什麼只花五百元就敢保證買者期期對對碰！苦口婆心的勸人當那千萬富翁。而，他自己呢？

在一旁幫場吆喝機會難得的幾個女郎，每個人都明白，終場時刻，她們會撇開裹身的紗袍，以堅挺的胸膛向你保證，錢，你花得絕對不冤。

我身體還好，也不玩六合彩，無須等到終場。當主持人無法把太多漏洞的大道理補說圓滿時，我就走了！像上了一節蹩腳的說話課，幸好是免費的。

然後，夜市出口，我心甘情願的伸手掏錢，放進一個紫色托缽裡。

讓我出手如此大方的，不必說話！他只管闔眼閉目喃喃唸經。這個光頭僧，披身金紫袈裟，左手豎掌捻動檀珠佛鍊，右手平托化緣的紫銅缽，銅缽看來相當沉重，但他修為功深，可以兩個小時文風不動。除了偶爾把缽中半滿的硬幣倒進腰側的褡褳外，便似一截深山古木，突兀的插置人間最紅塵沸揚處！

這個好年輕好年輕的高僧，肯以如此清淨無爭的方式——賺錢，比那以色迷人、以利誘人的江湖場要好多了，真的，我相信。

3

斜陽日暮，彩霞滿天。

集集支線的小火車，轟隆隆穿山越嶺行向二水。一邊山勢迴旋迤邐，一邊濁水蜿蜒如帶，即將被割捨的這條路線，已不是明山秀水的景觀所能挽留，七十年來載運水里陶樟木材的盛況，已成凋零歷史！

和同事偕伴返鄉，車廂內難免慨嘆，經濟掛帥後，價值觀的急忙腳步，擺脫了多少步調迂緩的斑斕古意！

隔壁座位，一對老夫婦很仔細的聽我們講話，偶爾朝我們點頭微笑。這時候插話進來說：「是啦！鐵路局決定要拆掉這條鐵路，了錢生意哪有人肯做？」

他們穿著新衣服，真的很新，和他們拙實古樸的容顏不很相稱，腳下擠滿了塑膠手提袋，一看就知道要出遠門。我注意到一旁掛著以鐵絲穿著的幾個「菜瓜」，久違了！這個童年記憶裡，老是抓在母親手中刷刷洗洗的東西。我問：「阿伯，恁欲去逗位？這款物件真罕得看，是按怎做的？」

那老婦人說：「欲去台北，阮三個後生攏總住台北，叫阮去迌迌幾工。」老阿伯說：「這款菜瓜布台北沒得買，用來洗碗筷，洗身軀攏袜歹！」

絲瓜結成果實後，放任它熟透不摘，等到藤枯瓜乾，再摘下來去除絲瓜子，就成眼前這條纖維密如織網的菜瓜布。這期間，需要近兩個月的炎炎夏日等候，頗不合經濟效益，我感動的是等待時這對老夫妻疼子惜物的心情。大台北，日用物品何處不是唾手可得？他們這一趟巴巴遠路送去的，該是山居父母的深情厚意。

我不知道他們的子女兒媳是否會珍惜，我則是挺寶貝的弄個木架子托起來，放進客廳玻璃壁櫃裡！那老夫婦看我問東問西，言語得體的表示歆羨之意，臨下車時，強著非送我一條不可，甚至還加上一把自家栽種的龍鬚菜。

那把翠綠人情，如此扣人心弦，卻之不恭，不是嗎？

4

山城人情豐滿，給我的印象相當好。

陌生的老夫婦，都肯送絲瓜布、龍鬚菜了，同樣住在山裡的工作夥伴，家有土產瓜果等，那就更不用說了。荔枝柳橙龍眼，按著節令，一籮筐一籮筐的送進工地宿舍來，讓這些飄泊遊子嘗鮮。我吃過一種糯米荔枝，幾乎連舌頭也吞了進去，肉厚籽小醇甘爽口，讓人回味不已。這算是水里的特產，不能不提。

我就想，到這樣的山裡人家作一日逍遙遊，應可滌塵忘憂，所以，當好友邀我去他家茶園喝春茶，我滿口答應，騎著摩托車就尋上山去。也就在那天，我又嘗到另外一種山城印象，刺激震撼得過分的印象：虎頭蜂。

虎頭蜂會叮人，誰都知道。卻只有被叮過的人，才能真正體會那種蝕骨銷魂的滋味！集集大山有數不盡的樟樹林、孟宗竹林和被闢成梯田的茶園梅園，虎頭蜂漫遊其中，仗著尾端一把小尖刀，橫行霸道。或者有點欺生吧！和好友一家人正在樹蔭下閒聊，一隻虎頭蜂毫不猶豫的選擇我的頭頂降落，待我揮手驅逐時，卻朝我耳垂狠狠的刺了一刀！才扭著細腰，不慌不忙的飛上枝頭。

那一剎那，一陣尖利的銳痛，直盪入心魂穿透肝膽！再來是由急而緩的抽疼，一絲絲，一縷縷的纏繞著不放，青竹蛇兒口，黃蜂尾上針，並列世間第二毒，果然名不虛傳！

接下來——我要說的就是「接下來」。其實我連哼一聲都沒有，就被押入房裡躺著，包著冰塊的毛巾敷過幾次，我稍稍皺眉忍凍，他們隔壁鄰居全帶著瓶瓶罐罐過來慰問，共計收到專治蜂毒的藥酒藥膏五種。朋友他老爹迭聲的替那隻惹禍的虎頭蜂，至少已向我道歉十遍以上。朋友知道我一向體魄強健，才幫我說了聲沒關係，就捱了罵，他老爹說：「講啥米沒要緊？你帶人客來迌迌，那沒去注意虎頭蜂會叮人？」他老媽則恨不得虎頭蜂只叮她兒子，她說：「夭壽！哪有這款會找生份人的蜂仔？擱會疼袂？會疼袂？」

怎好意思說疼哪？我！

信不信？我吊著一邊福氣的大耳朵下山，滿心的甜蜜，滿懷的感激，我一丁點都不怪那隻虎頭蜂！真的。

摩托車上一大把連枝帶葉的糯米荔枝，口袋裡叮叮噹噹的藥瓶藥盒，然則，最珍貴的卻是山裡古拙的臉孔，從此一張張雕入我婉轉纏綿的心中。他們坦率直樸的深情，讓我倦了紅塵時有一個記憶中的桃花源！我還會再度拜訪的，不管是不是多年以後。我會說：「哎！阿伯，我就是彼個給虎頭蜂叮著的人客啦！」

紅塵山水

山水行吟
拋不去怔忡憂思。
莫非一生一世只為一句偈。

垂睫依舊，乍然驚醒的是心情。

猶有幾分睏倦的軀體，開始聆聽北上列車的隆隆聲。長鳴傷別的笛韻；車輪滾滾的飄泊，透過密閉的冷氣車廂後是如此微弱瘖啞，像逐漸無力護持的固執。

回一趟高雄，無意親近南國港都耀眼的繁華，數一數執守鄉間老屋的父和母兩鬢白髮新添幾莖；握一握稚子輾轉攀附的小手，午夜夢迴，人間妻子沉睡無悔的身軀是泊岸之舟，拋錨在我的臂彎裡。

只是想讓山山水水去印證心中丘壑；只是想讓疏椽無鎖的山中小屋去梳理己身一波九折的淋漓塵衣，悲喜寸心，要讓俗世情緣糾葛的幾許猶豫了。

睜開眼，午後嘉南平原的田園村舍，寧靜無求的框在流轉的車窗上。

逐文明軌道高速奔馳的眼眸底下，哪兒是不變的風景？

過了長長的鐵橋，青山就以蜿蜒之姿，漸次升上蒼翠蓊鬱的簾幕。

曾經兜滿一懷濁水溪米和螺溪蜆的二水小鎮，以村姑般的溫柔守候著，而列車只作小憩，依然向北的長笛聲聲催促——竟是這般絕然。

且喜集集支線的小火車猶自繾綣相伴。

二水到車埕，正是魂裡夢中深切相召喚的一路山水。

源泉、濁水、龍泉

小火車踽踽獨行於濁水溪北岸的山城小站，站站駐足，站站回眸。

青山畔、流水濱，雙軌盤旋了七十年的風雨之後，山，還是相同風格的一冊手卷；水，吟著還是相同基調的律詩，天地之間彷彿一切如舊，只有小站牌上斑駁的鏽痕，才些微透露出這段漫長歲月的蹤跡。

哪天，該尋一個白髮老翁，相詢他那遙遠的童年記憶裡，可還有著火車嘟嘟上山來的大歡喜？

倚著窗，倚著濁水溪邊一畦畦的蕉園，那些披翠展碧邀雨成韻的植物，以它那卷卷軸軸抽長不盡的熱愛給了照顧它的山民溫飽，勤勉灌溉的可以採擷豐碩的果實；辛勞工作的可以在山坡竹林築堅固的紅磚瓦房遮蔽風雨。每一顆汗珠落地，都有它晶瑩的價值，這樣誠實的互換，人和植物都該無怨無憾的吧！如此只如此，更不管山下紅塵曾經多少悲歡喧寂；不管囂囂競逐的人世瀰漫多少煙雲，這一帶風景，依舊堅持它不曾點染的容顏。

而我渴盼展現的本來面目呢？微微思索的眉結漸舒，車窗外雲影天光，不再亮麗得讓人有種無所適從的窘迫。

有一些些暮色漸湧的慈悲和寬懷。

集集站上，列車耐心的等待著。

挑一肩重擔的老嫗艱難的晃上車廂，那是一擔新摘荔枝，蒼翠的枝葉，猶帶夏雨初歇的清涼，擠成一串的顆粒像豔陽般紅。「可以有好價錢的！」剛直起腰的老嫗如是想。或者，生活並非如此不堪負荷。

木質月台在窗外，「集集」兩個大字漆色剝落無顏，這個昔日樟腦香味引來萬商雲集的盛況，彷彿是個不很真切的傳說，月台亭蓋上千瘡百孔，是時空遞嬗下累累的傷痕。繁華如夢無憑，如夢的該只是人與事而已。

唯有公路兩旁，可為歷史作見證的樟樹，清秋長夏輪迴，鳥囀蟬鳴過耳，遂成夾道的綠蔭，更新、更密、更充盈圓足的綠。

離開集集，支線列車緊傍著山崖爬升，另一側是往下迤邐至深谷的樹林，濁水溪恍若一條閃亮的銀色絲線悄悄擱在谷底，讓白雲悠悠攬鏡自照。

穿越隧道混沌莫辨的漆黑，乍然驚豔眼前橫臥的風景如畫，這樣一幅雲淡山清兩皆無心的畫，依稀早在心頭一懸多年，竟有種千百世睽違後重逢的心酸。

遠眺是不苟言笑的青峰翠巒，近觀是溶溶漾漾低吟淺唱的一彎溪流，而斜陽殘照，自顧塗抹晚霞於瑰麗的雲彩上，在這樣萬物凝止的寂寞裡，那一雙互喚歸巢的白鷺，正是一首源源不絕的天籟。

翩然劃過的純白翼影，分明如刃，斷然斬開心塵迷障。一路行經山水；一路長吁短嘆，在這剎那竟成滄桑歷盡後的欲語還休。

人與車循著波濤似的山勢起伏溯迴，雖然千迴百轉，已是無悔之姿。

山中的夜總來得快些

水里幾條街幾條巷的燈火一起映入眼中，幽黯車廂內的人影是匆促急躁的飛蛾，爭相撲向站外霓虹絢爛處。

蛇窯燒就的水里陶，曾是櫥裡櫃中珍藏的精品；集集大山有採不完的松柏檜木，成就人間一座座雕欄砌玉的飛簷樓宇，更遠的山嵐深處，誤觸羅網的山羌狸鼠，尖叫悲嘶難逃盤中佳餚的結局。林木、山產和陶瓷，使這山城有「小台北」的錦繡面目。

曾在深夜走過水里冷落的街頭，像靈異的蝙蝠般伸出雙耳諦聽跫音旋盪。南國港都在百里外懸念著，還不慣飄泊的心是不成眠的貓，總會在更深的夜裡，踩響夢的屋脊。

害怕流浪，到如今的堅持別離，是幾度停駐煙漫紅塵；是幾度行經山水之後，唯一無怨的抉擇。

列車緩行向車埕，山的走勢，水的流向，在夜霧逐攏裡靜靜模糊了，水里那人世煙火的光影漸去漸遠，感覺如此牽腸不忍的分離，有種臨終般的淒楚，那樣一揮手即成隔世的驚慌。

車

月台邊幾條並列的軌道，寬敞得足夠列車迴旋，這裡是集集線的終點站。也是起點，當採一山寒煙翠霧的過客，歸向車馬喧噪的都市時，小火車依然殷勤相送，是有情也是無情罷了。

山坳裡與世無爭無求的小村落，原只是兩三間木材廠員工眷屬依山崖搭建的落腳處。如今的木材廠已半停工狀態了。而那些樸實無華的住民習慣了山中雲霞相隨，再不捨得遷移，就讓這幾十戶新舊屋舍溫暖的靠在一起，去傾聽終年不歇的山泉風韻。

也是一種執著。

向牽扯的塵緣決裂；自曾是深心熱愛的婆娑世界中抽身而出，獨居這個雲樹環繞，山光怡悅人心的山村，用澄明貞定的沉思和臨窗靜摹柳字的瘦筆，為不曾落彩的生命塗還它自己的顏色。

是一種執著嗎？

下車，人群散後的月台很靜，山涼的夜很柔。遠處絕崖峭壁下有燈如海，高塔吊車披一身燈光的輝煌最為醒目。那是明潭水庫日以繼夜施工不懈的地方。所有洗過青山的雨水，相約奔向濁水溪的密謀，已被文明的人類識穿，三五年後一道攔水壩，將把山澗溪流匯集成潭。

愀然回顧：在湖泊底下的車埕遷村之後，這個正要回頭的列車，可還有如此這般悠然迴旋的餘地？

一念幻生，千古遺事若在眼前；一念幻滅，眼前皆成鏡花水月。而終歸空寂虛無的小山村，在此刻雲籠霧籠裡竟是一臉素淨的無辜。

是了，人事悲喜順逆恰如月圓明晦，這浩渺天機自有因緣聚散的安排，駐足沉吟的我起心動念如潮，分明著相了。

終於舉步，悄然走過盞盞黃昏燈光，一道道木門後人世家庭溫馨的笑語，不曾驚動宿鳥的夢；不曾打斷秋蟲的歌，輕塵在足底，落定。

最後一段小徑斜伸向上，避世遁居的小屋前，無圍無籬的庭院有流漾的月光，淺淺淡淡如一地沉睡的白蓮。

小屋裡

點一炷香，慢慢的把紅塵山水憂喜繚繞的思緒燒至盡頭，當那一點暗紅的馨香滅絕，窗前斜照的月華霎時清明，再一轉眼，書案上已似灑落一層冰心般清冷的薄霜。

天地彷彿俱寂，相伴的琴書疲倦了，牆上趺坐的身影，也有著萬千世途跋涉的慵懶，山裡的人都睡了。緣何獨醒？獨醒！

推窗，清風滿懷，入耳山籟泉鳴俱是天真，葉舞樹搖也無心機。

望月，而月如鐮，又何苦把人間癡愛情腸一起割斷？

扭亮案頭暈燈，安詳的整理明日上班的資料，無悲喜怨憎的且作一個俗世盡責的大丈夫。

參與水壩施工的責任是把幽谷溪澗圈成儲水的深潭，期待山下眾生皆受焦燥生煙的苦熱時，這一泓千頃碧波，可以及時化作一片清涼甘泉，朝三千世界遍灑而去。

未入空門，結廬已在千山中，雲煙過眼，一樣能夠觀照自在，至於，未了情緣塵愛，受是不受呢？

莫要問——今晚車埕正是風清月明，天涼如水。

莊周蝶舞，

翩然幻化的身影去哪裡了？

看看，就在紅塵，

就在永恆的紅塵裡。

——記集集線之旅——

風情海岸

日出到日落之間，我把自己給賣了，換來鈔票買柴米油鹽、妻子的胭脂以及孩子的無敵鐵金剛。如果晚一點贖身，那就叫加班，夜色迷離裡燈火依稀，疲倦的眼睛可能會看到一部福特或裕隆慢慢開過來，很慢！按時計酬的賣身方式，賓士車絕對是天方夜譚裡的故事。

生活不難，難過的是必須和人競說奢華的生活。

當加再多的班也換不來一部賓士價錢的時候，我就不想加班了，我開始找一種叫做「淡泊」的東西，拿來治療自己的心情。

淡泊、無爭、樂天知命，這些特效藥不用花錢買，我循著海岸線一路撿拾，直到我那慾望的空袋子裝得飽飽的才回家。

後灣人生

摩托車的速度比夸父的兩條腿快。下班前眼看著太陽滑落山脊，追出曲折山路，追到海邊，仍來得及看一臉醉意的日頭半倚在雲絮上，正貪心的瞧著那一大片紅葡萄酒般顏色的海平面。

這一路經四重溪，出車城，過射寮，我由山區牡丹社趕到後灣海岸堤防，放好摩托車，只是存心舒服的，坐看醺然斜陽如何落水！

常來後灣，大海黃昏晚雲彩霞的景致，就沒見過像文章裡形容的那種美麗與哀愁。有時候灰撲撲的天空就這麼單調的懸著一顆病懨懨的日頭，臨終般慘淡！夕陽無限好的那個好字，讓人說什麼也喊不出口。海墘人有心指點：「颱風天，風大雲急濁浪拍岸時，落日最美。」可那時候，我山居深處狂風摧木，落葉蕭蕭，足不出戶才安全。誰去海邊？

好天氣才來，來過多遍也不厭倦，追究原因該是這裡有我一大堆朋友，老的小的男的女的不知名不知姓的朋友，這些朋友也只好天氣才下海。走出他們低於海平面的新樓房或舊咕咾石屋；走過仙人掌和木麻黃的沙灘樹林，直直走向一艘艘機動浮筏，開始出海撒網捕魚。每個經過我面前的人都與我相視點頭微笑——看慣了的外地客，便透著幾分鄉親土味！

所以，斗笠花巾的婦道人家拿個三角細網撈魚苗時，我會湊過去分辨那渾身透明眼珠一點漆黑的虱目魚仔，帶著黑亮卵殼急忙忙奔逃的烏鯧魚仔。魚娃兒一尾一塊五毛錢，商人來了整桶子買去收養，跟著他們起勁的數到眼花了瘮了為止。漁船不管早歸遲回，都有所斬獲。破雨傘算上等貨，他們拉起魚背上如帆般的鰭告訴我斤兩和價格，拍著黑亮彈性的魚身說餐廳有人會來買，新鮮！他們是大海的人口販子，軟拐硬擄來許多魚族，賣到都市裡任人宰割，誰也不能定他們的罪！

後灣小漁港，機動小船就在近海邊緣，進行世代相傳的傷天害理的行為，說是向大海討生活，艱不艱難就看大海饒不饒人！

其實也用不著饒，出海的男人沒回來，年輕的寡婦守著小男娃，長大了照樣買條船出海，心事打多了結，花花的陽光下攤開來跟魚網一起曬，日子也就過順下來。兒子捕回來滿艙的魚，寡婦漾起的笑容，十分真心。

海在屋頂上，世世代代潮起潮落，後灣小村自有他們甘於承受的宿命。

我在沙灘，筆記大海給我的寬闊浩瀚，藉以洗濯心中小小的悲喜浮塵，等到月光來到海邊戲浪，我就走了。回到山中小屋，夜深人靜時，夢海裡散髮泛舟，瀟灑傾聽人世濤聲的溫柔。

海口沙漠風情

大漠風沙，煙塵滾滾。

還未忘記曾在阿拉伯半島逗留幾年的灼燙記錄，卻聽說海口有沙漠，愛看三毛小說的人且豎過「小撒哈拉沙漠」的木牌。下班後找到海口，問路旁那個彆扭老頭，他說：「聽嘸啦！」他旁邊歐巴桑好心插口：「伊可能是講金沙崙哪！」我連忙補充說明：「是啦，對啦！有真多沙子，歸堆放在海邊……。」最後得到結論，那兒叫做金沙崙，因為沙子的顏色看起來跟黃金沒兩樣！

金銀財寶，魅惑人心耳目，果真有這麼一堆小山似的金沙擺在海邊，不讓人發瘋才怪！世人多的是望梅畫餅的心態，顯然不是那麼回事，偏取個珠光寶氣的名字哄自己高興……我心裡嘀咕著，一面沿途指認馬櫻丹、長穗木、蝶豆等海邊植物，來到海口沙漠。

入眼大海碧波盪漾，回頭小丘雜樹生花，中間葛藤瓊麻遮不住的地方，才裸露出黃沙，高高低低的築成幾道沙堤。這哪叫沙漠？簡直比綠洲更綠洲些！

唯有在沙漠中生活過的人，才懂沙漠！第一眼我就確定，這海口沙漠名不副實！真正的沙漠應該像我待過的達納空區一樣，是綿延千里人獸無跡的絕域，鋪天蓋地的黃沙中只有毒蠍豎著尾鉤相抗焚風熱浪！這兒有山有水，有繁花綠葉，海風徐徐帶來涼意，舒服得讓人大失所望！

原想重溫沙漠風情的念頭不得不收起來，乾脆脫鞋挽袖捲起褲管，赤足走入海中戲水。這片珊瑚礁比沙漠好玩多了，淺時才淹足踝，深止及膝，手觸細緻光滑，偶爾幾尾色澤鮮豔的熱帶魚搖頭擺尾欲走還留，彎腰想看清楚點，卻讓那晃晃蕩蕩的波浪給搖昏了頭。直起身來，遠處有對情侶攜手同行，夠遠了！他們不頭暈嗎？想必不會。戀愛中人赴湯蹈火都不怕，怎會在乎這一片淺灘？

他們一步步，優雅的漫遊大海，總是讓人替他們擔一份心，怕下一步便是深淵！甚至我開始想起許多哀怨纏綿的愛情悲劇。男女主角都說今生不能雙飛翼，來世再結連理枝，心急點的就結髮綰袖共赴洪波，提早了結此生以求來世！想著看著，不覺大為驚慌。若不是他們恰好掉頭走回來，恐怕我早喊出……喊出——還真不知喊什麼才能阻止他們做傻事哩？

我呆呆的杵在水中央，迎面相看這對癡人。男的俊秀溫雅，女孩婉約柔媚，襯著背景漫天紅霞兼幾片帆影，美得盪人心魄！如此才子佳人，若成不了姻緣，那真是沒天理！回到山居和好朋友喝茶聊天，我說海口沒啥沙漠風情，只一對俊男美女有看頭，不但沒跳海，還恩愛得讓人羨慕極了，好朋友罵我：「你那灰色、悲觀、憤世、絕望的念頭怎改不了。那對情侶得罪你啦？幹嘛咒人家？」

有嗎？

「有——！」好朋友拉長聲音說。

桃源深處萬里桐

桃源深處，武陵人家世以避秦禍，不知有漢遑論魏晉。

又一個不想加班的黃昏，貪圖沿海新闢的公路上風吹得涼快，車塵人煙少，而且不必拐彎抹角，不怕迷路，我這騎摩托車的漁郎就直愣愣的闖到了萬里桐。

闕山一帶陡峭巖崖，至此漸趨和緩，萬里桐背倚山坡，面向大海，一個好小的海灣權充避風港，纜繩鬆鬆牽著幾艘機動浮筏，告訴我這也是個漁港。

咕咾石砌成的房舍，珊瑚貝殼修飾的擋風牆籬，讓歲月點上青苔後都已透著斑駁古意。天風巨浪邊緣，長不來夭灼綺媚的桃花林，倒是刺桐樹下倚石暝坐的老翁，身前身後落滿了大紅花，讓人覺得這蒼勁古樸的小村落，人事生命依然熱烈無比！

山坡竹林豢養著活潑潑的土雞，嫩筍和燒酒雞有了，屋前礁隙沙縫儘管野孩子摸蛤釣蟹，清蒸紅燒隨意，山珍海味簡單擺上幾盤，就是一家老小的生活。酒樓、夜市、ＫＴＶ，山外紅塵滾沸是他們山外人家的事，這裡不要！

摩托車熄火，停在刺桐花下，老人善意的朝我點頭，沒怪我擾他清夢。我遞過一支菸，打蛇隨棍纏著他帶領我走入小村悠遠的故事中。

唐山客渡海墾荒，就這麼兩三艘竹筏給颱風颳離船隊，在那怒海惡夜中，有人看見巨蟹舉螯，踩踏洪波迎面撲來，而狂風巨浪正把驚恐的人船送往這隻海中惡獸的闊嘴中。天明風止，劫後餘生，才發現船已擱淺在山坳處的淺灣，那暗夜巨鳌原來是伸入海中的岬角。

老伯說：「我囝仔時抒有聽人講，船隊無失散的攏在恆春車城靠岸，阮只好住『蟳管嘴』這款小所在……」

我打岔糾正：「萬里桐？」

那老伯皺眉瞪我，搖頭堅持：「啥米『懂』不『懂』，這裡就是蟳管嘴！」

老人唸起蟳管嘴，一點也不拗口，我才不跟他辯。再遞過一支告別菸，獨自逛向村外珊瑚礁海岸。

這裡的珊瑚礁半露出水面，許多軟體、棘足的海中生物在銳利的珊瑚隙縫裡活動，也不知有毒無毒。海洋生態知識太淺薄，讓我面對這片猙獰的珊瑚水域，自然生懷戒心，直到慈悲含笑跨過幾隻匆忙躲閃的寄生蟹，才算找回來一些些親切和自信。

離開萬里桐時，乍見路旁公車站牌寫著閩嘴蟳三字，恍若荒莽世代輾轉傳來一聲淒厲的吶喊，只覺又是辛酸又是安慰！

再回頭，遙望斜陽日暮，金波搖蕩，小村在山水光影中寂寞無聲。那股蒼涼情緒慢慢充塞胸臆，彷彿風塵煙花女子，攬鏡自照滄桑容顏——回不去了！武陵勝境，山外漁郎從此難尋來時路，小村淡泊無事的生命驗證，我這愛慾牽纏的紅塵男子，終只是過客身分！

我，還是回山中，加班去吧！

落日荒城

桃花源

愛聽白頭老翁細說當年「水裡坑」。泛一葉言語輕舟，讓思緒操槳溯游而上，朝訪他們記憶中避秦的桃花源。

那真是桃花源。集集大山森森林木藏匿山羌狸鼠等諸多野味，迤邐山脊上的珍貴樟樹，晨煙暮靄裡自釀異香，斜坡底部亂石崩雲——烏雲黑龍般翻滾的濁水溪流經此地，溪裡鯰魚蝦蟹隻隻肥美，而濁水沖刷的泥墨淤積成沙洲，香蕉米穀落地生根，有足夠供給開花結子的養分。

布農族的男人漁耕樵獵度過晨昏，女人們杵韻臼歌唱盡無憂歲月，世代綿延皆無怨悔，他們是蓬島仙鄉最初的住民。可是，一海相隔的清帝國天威欲加海外，遣驍將陳友蘭領兵追擊不甘臣伏的布農族人，越郡大山直到內茅埔，霸氣十足的把濁水溪最大的支流，定名「陳友蘭溪」。從此，歷史征代的魔掌，便伸入了這塊桃源樂土。

接下來，一群循著古蝶道，追索翩翩彩翼的日本學者，看上這兒滿山的樟木，也細審蛇窯繞就紋理精緻的陶瓷，遂在他們殖民地的資源索取圖上劃出一條紅線。七十年前，集集支線鐵道，開始由「二水」穿山越嶺而來。

老翁說：「彼時㧎真鬧熱啊！和艋舺番薯市同款有名。」

末世紀劫掠的真相，隱藏在昇平歌舞之中，水里坑戴上了「小萬華」的奢靡面具，這裡篤實的原住民也換上另一副臉孔。為了深巷夜街的霓虹燈影下，還能拎得住醉人的美酒，吃得起昂貴的筵席，更多百年樟樹被物慾的鏈鋸利斧斷伐，山鹿獼猴躲閃人心利箭，一路竄逃入最深莽的山巒中。蛇窯燃起熊熊烈焰，水里陶一批批裝箱搬運，成了山外人家櫥裡櫃中炫麗的珍品。

如今呢？老翁語意幽幽：「日本人走了，歹習慣也留落來。」結論是水裡坑已經不是以前之水裡坑了。

不夜城

站在水里車站的階梯上，面對著燈火通明的街巷。沒落的痕跡，很難在眼前這霓虹、攤販、醉客的喧嘩裡相尋，這幾條街道，還固執維持著城開不夜的風光。其他商店和依著斜坡地勢搭建的屋舍，都熄燈閉眼歇息，這便架構成山城繁華衰敗睡睡醒醒的特殊景象。

煙火最熾亮處，絕大部分是餐飲店。凌晨二點了，還有黝黑膚色的山民，正以爛醉的姿態，晃蕩迷離燈影中，那一張張酒紅的臉龐，曾經，曾經呵！和集集大山上褐色巨岩一般拙樸剛毅。一曲〈娜奴娃〉，幾度間斷在烈酒燒灼的喉嚨裡，那迴盪長溪大山的亢亮歌聲，向何處聽聞？

山產店門口，鐵籠子疊了好幾層。由最底層的山豬算起，野兔、山羌、果子狸，不同的嗥鳴聲，卻透著相似的悲慘尾韻。衣冠的猛獸進進出出，指指點點，那些前一刻尚在蹦跳的生命，下一刻，便在油煎蒜炒的鼎鑊中粉身碎骨，一種最文明的弱肉強食。

是我不肯承認，這也是食物鏈的自然法則。鐵籠旁邊，我悲憫的眼眸，駐足僵冷的身軀，徒留醉飽食客投過來一個詫異的眼光罷了。

一日夜裡獨行山徑，路邊草叢中看到一部傾倒的摩托車、車旁一具橫陳的……軀體。那還是我按捺住驚嚇的念頭，趨前探其鼻息才能確定的，他只是不勝酒力而醉臥荒山。混濁的呼吸，滿身酵酲刺酸，死拉他不起，只好把他摩托車上的夾克拿來蓋住他的胸腹，為他略遮山夜寒露。

那夜睡難安枕，隔天一大早就回到原地找尋，人車已杳，大概夜半醒來，自個兒覓路返家了。山路崎嶇曲折，迷離暗夜的醉客啊！如何渡那谷深澗長？

初醒的山水並不理會我鄙夷或是憐惜的心情，自在曦光中撲抹青黛晨妝，倒顯得我有些多事。

這就是老翁惋嘆聲中，水里蛻變後的面目嗎？

好斜陽

循著濁水溪北岸，往東埔溫泉的方向，出水里過二坪林，就到了濁水溪和陳友蘭溪的交會處。

短短幾公里的路上，兩旁陶器店各自擺出碩大的陶土茶壺作店招。蘭花、九重葛、老樹頭也被排列架上，爭妍鬥奇待價而沽，斜坡土磚砌成蜿蜒的蛇窯，大都荒廢，任雜草蔓生，可以讓人平添繁華如夢的幽情。

這兒有座龍神橋。雙線道的水泥長橋，橫跨寬闊河床，橋下滾滾亂石，濁水翻浪，而陳友蘭溪一股清流不肯同流合污，我便常到此地凝視著，這涇清渭濁的景象，久久不能自己。我知道，下游處但只見濁水，不知有清流，可是，我還是為眼前這般小小的、堅持的力量而感動。

水里街頭，常常出現一位侏儒老婦，推著一輛和她同等高度的四輪嬰兒車，裡頭裝一些撿拾來的紙箱鋁罐等破爛，偶爾也看到她笑著和熟識的攤販老闆打招呼，我並不了解她的身世，只她在垃圾堆中翻撿時，沉默平靜，讓人鼻酸。

另一個是雙腿俱無的年輕人，夜市人潮中拖著香燭金箔叫賣，錄音機聲音開得大大的，多少怕哪個冒失鬼絆倒了吧！看著那半截身軀艱辛的移動在碎石場地，仰頭招攬生意，那笑容呵，毫不卑微。

人性的可喜，不就是在滔滔塵世洪流中，這一點點堅持的尊嚴嗎？

愛在龍神橋畔，以羈旅過客的深情，來思量山城人事，更因為這兒的風景，這兒的山樹、石壁，全是青黑的荒涼色調，郡大山野稜稜的板岩透著剛硬，長風捲盪在空曠的河床間，水氣煙嵐一起沸騰。若再加上一顆燙紅的落日，落日旁邊一些尚未燃盡的流霞，嗯！這就是最貼近心情的山水了。

〈天淨沙〉的夕陽西下，人在天涯，該不該斷腸？

伴隨工程進度，踏遍荒莽僻野，註定流浪的職業，讓我有機會在每處驛站作短暫的停留，親炙他鄉山水人情的溫度。梳理多次飄泊的經驗後，能說一聲「習慣了」，便無須如是斷腸！是的，習慣，這也是我小小的一個堅持。半生歲月，千里世途，更不管何日才能回到紅塵深處，尋一個窩巢，歇下歷經風雲的羽翼。

擺脫縈迴思緒，離開龍神橋時，群峰已在四野拉攏黑幕，山水接壤處的水里，初燃燈火一盞一盞，正悄然亮起一個溫暖的山夜。

烏衣巷外，王謝堂前，人間多少起落殞滅的過程，卻一直無礙黃昏時，那一輪好斜陽，為山城耿耿此心，果真是我多事了。

好想買包沉檀，向夜市那個以手代腳的年輕人買，讓今夜山居，案旁碎瓷古鼎，嬝娜一道寬容無求的馨香。

道情山水

世事何須扼腕，人生且自舒眉，北邙山殘陽若血，斜映枯草荒塚，多少帝王公卿，一抔土！這些話拿來勸那解不開名韁利鎖，跨不過情巖慾壑的人最恰當，英雄躍馬，名士風流，果然難逃歲月獰笑執鏟迎頭潑灑的——那一鏟鏟把富貴功名都埋葬的塵與土！

我同意，人到盡頭不就這麼回事嗎？但我思慮不夠綿長深遠，無法預知自己被歲月擊敗後腳步會是何種躑躅蹣跚法！只知道我還踩得動重型機車的引擎，還可以敞胸呼嘯著追逐落山風，任憑細雨或陽光撞擊肌膚。所以，當我因職業調動，來到恆春半島牡丹山區時，我給自己許下一個諾言，踏遍南台灣山海之勝，沼原之美。

終於找了個能問心無愧的工作空檔，故意有點乏，有點懶，走到辦公室填請假單，搗著濃濃的鼻音說：「咳！英雄最怕病來磨，我請半天假，去看醫生。」一出門，跨上追風機車，脇生雙翅般的一隻猛虎就此闖出牢籠。

我真的同意，人活著不必太認真！山水風景老在我心頭妖嬈弄姿，讓它誘惑一次，何妨？

夢幻白沙灣

第一站我選擇白沙灣，旅遊指南裡說那兒有海島最潔淨的貝殼沙，綿延成一個絕美的海灘，附帶說明的照片，浪漫優雅得好似夢境。

機車飛馳在半島西岸石灰岩台地和裙狀珊瑚海灘間新闢的景觀公路，沿途目不轉睛的掠過下水崛、萬里桐、紅柴坑。到了白沙灣恰好正午十二點半。

南台灣的陽光，出了名的潑辣，我拿下安全帽，停好機車，踏上滾燙的沙地，還沒沾到海水呢，已是一身溼！我一邊拭汗，一邊努力找尋蔭涼之處，沒有！遠遠有樹的地方不叫白沙灣，有沙的地方全讓人潮和陽光占據了，只剩下排列整齊的一支支遮陽傘下，還留有一點空隙。

歐伊桑和歐巴桑圍過來關心我會不會曬暈時，紛紛說明：圓圓的影子上兩張椅子租金三百，愛坐多久坐多久。

不貴，沙漠裡一杯水千金難換，沒有遮陽傘的沙灘一會兒就能烤焦一層皮，但我不買，傻瓜才花三百塊買一張折疊不起攜帶不走的影子。

明明不是假日，眼前攜家帶眷到此弄潮的人卻多，一個大浪刷上沙灘，一窩少女尖叫著，幾個娃兒摔倒爬起來哭喊著，父母親們過去又哄又拍安慰著，每個人都放開了喉嚨。水上摩托車和橡皮艇更囂張，引擎聲緊一陣慢一陣又蓋過笑聲和濤聲，整個海灣熱鬧滾滾，比頭頂上那顆火毒日頭更讓人頭暈。

我心裡偷偷敲著退堂鼓。

回到公路邊緣，彎腰抓起一把沙子，捧在手中，看著微黃帶白的沙粒自指縫篩過，留下一片片貝殼碎屑，映著陽光晶亮亮閃動鱗彩。我握拳，伸了個大懶腰，不露痕跡的接續下一個找香菸的動作，把手伸進口袋裡，很小心的擦乾淨了再伸出來：入寶山，焉能空回！

如果是個無人的夜晚，只有皎潔的明月來到海邊，這些沙中貝殼反射月光，千萬點銀白晶麗才能真正架構出一灣夢幻海灘。「白沙灣」三個字，一定是某個夜遊的詩人，孤獨的循著海岸尋找憂傷的文字，無意間在此竊聽了月光下海潮與沙灘的一場純潔戀曲，回去後替這海灣取的名字。若換了個小財迷如我，大概這兒就叫做鑽石海岸或是白玉灣了。

我許下另個諾言：找個雲淡風清月明的深更，到此一遊，多少捧些詩意詩情什麼的回去。

把口袋翻出來，仔細抖落暗藏的貝殼。我可不要下次來時，這夢幻海灣的千萬點詩情少了一點兩點。

海角老燈塔

白沙灣到鵝鑾鼻這段海濱公路，珊瑚礁岩滿布熱帶海岸林，棋盤腳樹和蓮葉桐青蒼翠綠，一直延伸到碧波銀浪的礁岸上。我把安全帽掛在摩托車後，在陽火厲烈和海風輕柔之間找平衡點——也就是行進速度要剛好讓海風能夠吹散陽光燠熱，我技藝高超，只一會兒就能舒適優雅的縱目瀏覽海岸風情了。

貓鼻頭，裂石崩崖的景致，透露出百萬年來恆春半島下沉、隆起、皺褶、崩落的訊息。南灣也是個貝殼沙岸，羅列的珊瑚礁和礁間綠藻帶蘊育豐富的海洋生態，招徠更多遊客到此抓魚摸蟹戲水兼丟垃圾。墾丁公園的指標不吸引我，名氣愈大的地方人愈多，我天生幾分冷僻性情。

停下來路旁看孤懸的青蛙石，怎麼看怎麼不像青蛙！倒是由此角度可以很逼真的看到遠處貓鼻頭的崩崖尾端，果然蹲伏著一隻望洋興嘆的乖乖貓，癡望多少年了？一條鮮魚也沒撈著。替香蕉灣取名的人，欠缺才情，這海灣的弧度肖似香蕉，就不懂稍稍聯想一下，「香蕉灣」豈不是美？是誰多事種「香蕉」，早也瀟瀟，晚也瀟瀟——這像話嗎？

就這樣，讓一路秀麗山水隨意觸發各種情緒，每處攝入眼簾的風景，將成日後飄泊畫裡的彩色版。

終於到了。鵝鑾鼻燈塔。

選擇它做為第二個歇腿喝水的驛站，原因只一個，我讀小學時來過一次，對這單調乏味的風景據點印象深刻！當時導師和訓育主任趕鴨子似的叫我們排隊，繞了一圈階梯又趕回遊覽車內，還記得那支大白燈塔不吭不響的站立姿勢，一點也不好玩。

二十年後重遊舊地，仍是那線條簡單拙重的白色建築，看在眼裡，卻有種不可救藥的親切感悄悄浮起！燈塔，惡濤怒海裡船隻的守護神，穿透沉沉黑夜，直指惶惑懼怖的人心的一盞明燈，像希望。所以，有了這樣溫柔的誓言在愛情大海中廣泛的被使用：「你是我的燈塔，使我迷航的芳心找到溫暖的港灣！」當然，失戀時也有人悲傷的自比燈塔：「我是守候的燈塔，日夜傾聽潮聲裡妳無情風帆遠航的訊息。」

燈塔前佇立片刻，彷彿親見一場場海誓山盟的愛情，幕起又幕落，不禁啞然失笑！這座白色燈塔自清末光緒元年興建，少說也有百歲高齡，它只管船隻觸不觸礁的問題，小兒女的癡心話牽葛攀藤的扯上身來，它才不理會。

再看一眼，二十年前呆板木訥的燈塔，只覺得它多出來幾分莊嚴肅穆，再多看幾眼，還是沒改它老頑固模樣的道貌岸然。

再見！

鷺鷥風吹沙

不想妨礙老燈塔工作，揮一揮衣袖，我離開海島最南端的風景。

在「龍磐公園2公里」的路標下猶豫了好一會兒，午後三點，陽光已漸朝西邊移動。我知道往前走會到一處叫做風吹沙的地方，是遠是近全然不知！是該回頭走，趕在天黑之前回到牡丹山中小屋呢？還是繼續往前，讓不甚熟悉的路線帶領我邂逅山水？最後，決定再走兩公里，去龍磐公園門口瞧瞧也好。

機車繞過幾個山角，把熱帶海岸林拋在身後，眼前竟是滿滿逼人的綠，一大片柔軟翠亮的草原，在左手邊起伏如浪，而右手邊，更是由淺而深疊疊層層鋪向無涯的藍！太平洋，深邃浩瀚的太平洋哪！西岸珊瑚裙礁的秀麗婉約，至此一變為開闊豪野的山海景觀，我難掩心中欲待狂吼如雷的衝動！

大自然的風景暗合人性，所謂仁者樂山，智者樂水即是！斷腸人慣看老樹昏鴉，多情人便要望盡千帆了。而龍磐特別景觀區內，珊瑚礁懸崖、石灰岩洞、陷穴、鐘乳石各具瑰麗奇幻的姿態，馬鞍藤無處不在，油滑綠葉一路織毯，縫進了許多嬌豔小紅花，整個看來，雄奇綺媚兼具！我嘖嘖稱羨不止，這處所在，大合我性情。

「下次再來，當徜徉終日！」我又開了張支票，「這是我的風景。」我張臂做個擁抱的姿勢，小聲的向自己宣布。然後，很大方、很寬容的看著好幾個仍在我土地上徘徊的遊客，允許他們繼續逗留，我先走，前頭還有我慕名已久，無緣相見的風吹沙。

循斷石裂崖的東岸前行，一次峰迴路轉，便和山海岩浪再一次驚心動魄的重逢，風吹沙，終於在一處處狂莽漢子般的景物中，以她柔軟腰身慵慵展現千嬌百媚的風情。

天生麗質難自棄，電影鏡頭來拍過，那畫面美得離譜，我早思一睹芳容。沙瀑，由山頂傾瀉至海礁，蜿蜒漫流如曳地湘紗長裙，沙丘隆起宛若酥胸的弧線，海濤聲是她細緻的呼息，最輕薄流浪的山風，呼嘯而過，撕去一褶裙角……呸！形容得太過火了。

搖搖頭，我重新調整眼睛焦距，把風吹沙的溫柔面目攝入記憶膠卷裡，待得老來圍爐烤火，再以一杯杯美酒沖洗出來，帶醉說與兒孫聽！

才呆站癡想了一會兒，斜陽已躲入海中迅速升起的烏雲裡，山風穿過浪濤順手捧滿水氣回頭撲來，天色一下子就暗了下來。我突然想起「山區午後雷陣雨」這句話，急忙忙跨上摩托車，開始和馱雨的雲驛比快！

回到牡丹山中小屋，我渾身已溼透冰涼、朋友問我感冒好了點沒？有沒打針吃藥？生病了怎麼還淋雨？我連打幾個噴嚏算是答覆。這回——哎！這回可是來真的了。

流浪記事

之一：天帝

黃昏，晚餐剛過，閱覽室前。

夕陽餘溫未消，山風就先送來陣陣清爽，正是大夥兒吃飽閒著的時候。

工地宿舍倚斜坡搭建，薄薄的三夾板抵擋不住外頭的唇槍舌劍，不免開門出來瞧瞧，但見同事小胡和老江兩個，各自抬定一邊槓，僵持不下。

小胡說：「老江，你真糟糕，這種事情你也做得出來，你知道『綁架』是要判死刑的。」

老江一副無辜的樣：「我同款白白米飼伊，袜甲害死！安啦！」

「你以為你是什麼？上帝啊？隨便改寫人家的命運。」小胡是修道者，苦口婆心的要頑石點頭：「你總該替人家父母著想，這時候一定找得快瘋掉了。」

老江還是執迷不悟：「講甲你這『吃菜人』，你是煩惱啥？伊找無子，擱生就有，伊袂曉啥米輸卵管結紮啦！」

這是絲瓜扯到茄子去了。國台語雙聲帶的一場辯論，旁聽著興味盎然，七嘴八舌的入了局。結論是：修道者說得不錯，慈心悲腸，普天同「敬」。老江也沒人怪他，他「綁架」的事兒作過好幾回了，倒真沒出過差錯，看他肩膀上扛的，身後跟著的，都一副鮮蹦活跳的模樣。

大夥兒一定要瞧瞧老江懷裡的受害者，老江無奈，捧了出來，才巴掌大小呢！一隻連眼睛都未睜開的小松鼠。然後，在大家嘖嘖稱奇後，口袋掏出奶瓶，頰上試了試溫度，像個最細心的母親般，當場哺起乳來。

不曉得哪個促狹的，領頭輕唱：「囝仔囝仔睏，一暝大一寸……。」

之二：地皇

除了住在工地附近鄉鎮的同事，每天能夠回家「相妻」教子，樂享天倫之外，留在宿舍裡的夥伴，都有不得不的理由，誰願意當浮萍呢？偏偏工程人員的生涯，早已註定這輩子必須流浪。

流浪便流浪吧！久了，牽腸掛肚的情緒，每個人都懂得把它按捺入夢魂深處，再說，習慣暮天荒野裡獨行，江湖浪蕩，草莽漂泊的結果，比起朝九晚五的都市上班族，就算多一份坦率樸野的任性，也不足為奇吧？

老江是一個例子。每次他要回家休假時，最不放心他的鳥鳥獸獸。這邊打躬作揖，那兒千萬拜託，到得末了，通常是修道者負起飼養三餐的責任。

要休假的人，都會先去「種田郎」那兒逛一圈，目的無他，多少想揩點油——種田郎那兒有最新鮮的高山蔬菜。

宿舍下的坡地，梯田式畦畦菜園，是種田郎伐木除草撿石挑土後闢出來的疆域，他是這塊土地上流血流汗的皇帝，每天下班時間，他一定親覽斯土，替芥藍、高麗菜塗青染黛，為白玉苦瓜和紫花豌豆排解牽扯不清的糾葛。當種田郎直起腰，呼口氣，開始哼著「駛犁歌」時，是你開口的最佳時機了。

「阿土兄，你實在有夠天才，高麗菜種得這大粒。」老江堆滿一臉的笑，他也懂得，皇帝身邊那些吹拍逢迎的官兒，比較能夠大富大貴。

「地肥、空氣好，種啥米活啥米，你看，苦瓜藤牽得這呢長！」種田郎粗粗魯魯，差點沒說出他早晚一泡尿的功勞。

「種這呢多，那吃得完？啊！對啦，頂遍你給我的瓠仔，阮某阮子攏講好吃，甜文文。」急著趕車班吧？老江的話題，轉得好硬。

「瓠仔瓜早就挽完了，芥藍菜正對時，保證讚。」奉上一大把欲滴的蒼翠，種田郎黑臉上白牙齒笑得閃閃亮。

嗯！大功告成。周瑜打黃蓋，你情我願，沒人喊痛。

之三：人王

等到種田郎洗過澡，來到閱覽室，戴起老花眼鏡，逐字逐句讀著報紙標題時，夜，屬於飄泊浪人的夜，就正式開始。

二三十人吧，分出老中青三代，卻是個個身懷絕技，賴以餬口的專長，引擎師、版模師等等不談，私下的綽號隨便列舉，便是一大堆棋王、球王、麻雀王等。「王」字可不是叫假的，真個是手段高強，所向無敵。沾仙字輩的只一個，六合仙。

他別無嗜好，八卦盤、五行神數、解文拆字，一路追根究柢，期期出明牌，以洩露天機為樂。他不曾大輸，偶爾小贏，一直未傷元氣，你又有啥辦法？

也不管年輕小伙子，乒乓球正打得渾身熱汗；不管棋王捻著鼠鬚，看著對手搔首抓腮，六合仙喉嚨清了清，你聽他說得多玄：「我六合仙講一是一，講二是二，這期靈籤走到水火同源，相生牌不出19、28、37、46、55這五支，相剋牌翻過來又擱是五支，若無準，頭殼呼恁作椅子坐。」

觀棋的人裡，有個住台南的，不輕不重的問：「這支籤敢是『關仔嶺』土地公來托夢的？」

六合仙道行高深，怎聽不出來話中話，這次答來有幾分不悅：「講猶話！自從紅陽期開始，釋迦佛掌天盤，到現在三千五百年既滿，白陽輪轉，罡風強要掃世，三期末劫，一步一步一直來，這款關係天機的代誌，你懂啥！」

這下子「台南人」沒輒了，那一大串專有名詞他還真是有聽沒有懂，只好自我解嘲，一疊聲：「好！好！有準，看棋看棋。」

棋王適時一聲大喝：「將！收攤。」

俥塞相眼，重炮臨門，果然打得敵方兵荒馬亂，將士無顏。棋王，不愧棋王！沒辜負了他書架上，爛柯神數，橘中祕、砲局百變譜等等羅列棋書。

更出神入化的一次經驗，是眾人群起圍攻，他老人家眼一閉，背轉身，口中相應馬二進三，炮八平五，以盲棋單挑群雄，近一小時的一把棋，雙方言和。棋王的名號自那時候叫起，沿用至今。

麻雀王就沒這麼熱鬧了，他寂寞得很，這跟曲高和寡扯不上關係，問題在於白花花的銀子。愛摸幾圈的同道中人算是怕了他，避之如洪水猛獸。

該是長年以荒徑作路，山月為燈，才能造就如此特異獨行的人物吧！這一群草莽過客，十丈紅塵中滾沸的世情世事，其實還是心頭長懸的風景，只不過，全遮斷在雲煙遙處罷了。

筆記荒山一角的場景之後，走出室外，抬頭可見天心一輪月明，婉轉清輝，嬌娜動人。

極目處開展山巒，迤邐而去，耳邊聽得山溪水韻，盈盈。
風輕，雲淡，天地是一匹剛漂洗過的水色湘紗。

荒山夜歌

黃昏，夜幕在欲落未落間。

大工地宿舍裡晚飯開得早，一夥白日操勞的男兒，總等不及日頭全暗，肚子就餓了。大鍋菜談不上色香味，幸好莽曠山野中攀爬的飢腸也不甚挑剔，捧著碗筷，各自風捲殘雲，然後，拿袖口把滿面倦色和唇角油膩，一起拭去。

從餐廳出來，抬頭可見山巔林梢處，掛著一彎新月，新月上得太早，黃澄澄的一個銅鉤，彷彿還帶著落日的溫度。年輕的夥伴，才填飽胃腸，就三兩計議著：離熄燈就寢，還有一大段時間，要以什麼的方式來填補空白？屬於夜街叢林的一種誘惑，就在山腳下扇展成一片流麗光影，小鎮的霓虹，正一盞接一盞醒張著媚眼。

而大了些年紀的，神色如如不動。歌舞絲竹紅袖相招，都成年少荒唐事。且拄杖行吟吧！飯後百步走，活到九十九。煙嵐暮靄撲面輕寒，恰可閒閒的走出一條老當益壯的路。

這山居的夜晚，沒有妻兒牽裳扯袖，便任由飄泊的心情來作決定，走入煙火紅塵呢？或是，更向幽徑深處行？

跟隨著工程進度踏遍荒山，這一群或老或少的夥伴，暫把山腰簡陋的木屋當作家。也常常自嘲為「陸地船員」，腳下踩著篤實的土地，過的卻是七海射鯨的風帆生涯，也因此，拓荒者的眉睫之間，不免帶出幾分海潮鏤刻般的怨，很水手式的。

循著蘆芒翻飛的小徑。朝溪谷的方向前行，和散心的老師父走了個並肩齊步。溪流水聲潺潺幽幽，歸鴉互喚尋巢，殘陽餘暉映現他臉上深密的紋褶，層疊交織。這些由時光和辛勞所留存下來的痕印，記錄著生活的不易。而他的笑容，寧靜的近乎淡漠，卻又溫煦如人世黃昏。

勸不住歲月的老逝，撐不平額頭深烙的年輪，這個老拓荒者偏是筋骨尚健，百里外一家重擔還在他肩上磊落挑著。「老大專科畢業了。」他說：「最小的今年要上高中。」兒女求知的代價，還要他多少汗珠來償付？

多讀點書總不會錯。這是結論。我懂得他的意思，文憑可以決定職業的階段，高中是技術員，大學就變成工程師了。經驗和才智通常並不能超越這社會性的規律，至少，最起碼的起跑點，已先分出了高低。

可是，我看到的是一顆平凡的，父親的心。養兒育女，雖說緣於骨血之深情，竟是付出得如此不問情由！直把一生都在霜風烈日裡消磨盡了，猶說不得一個悔字。聽著他為兒女前程作計較，看著蘆芒在暖暖斜陽中款擺，突然有種太平盛世的歡欣，充溢心頭。

因此，當月牙來到潭邊汲水時，我便以好心情坐上溪流山石，看人執竿臨水，垂釣一潭雲影天光。

宿舍的燈火，在半山上和星月爭輝，那兒有未上街的同事守著電視，替連續劇安排結局；有人團圓一桌，吆喝骰子在瓷碗裡旋轉出勝負。相較這入世的繁華，月光下幽雅孤獨的釣者，硬是多出一股出塵之氣。

點秋江白鷺沙鷗，不識字煙波釣叟。傲煞人間萬戶侯。古來釣者就被詩詞說成這般閒適自在的隱士，過得是沒有人事糾葛，無牽無絆的遁世生活。海明威的《老人與海》，卻以一個老釣者，闡述出人性中堅忍悍厲的一面，一剛一柔，倒顯得中國釣者的頹廢，並不可喜。

脫軌的思慮，隨著揮竿躍出水面的一彎銀光而截止。都是相熟的同事了，難免湊過去看他那浸於水中的一網豐收，這釣者來自六龜，茇濃溪裡磨練出來的溪釣好手。一竿一線一鉤，不必浮標指示，全靠掌握中微微扯動的訊息，準確無誤的把清流石縫中，貪餌的「溪哥仔」，判了個「禍從口入」的罪。

他把釣竿交給我，並輕聲教導我，如何循著水勢移動鉤端那隻更倒楣的餌蟲，果然，竿尾一彎微顫，「上鉤了！」他說。

多了一尾三吋長，二指寬，銀光粼粼的「溪哥仔」入網，驚惶不甘的掙扎，把一潭水月全攪碎了。

不由得想起同寢室那個「修道者」，我們都這麼叫他。他曾花了一千五百元買了一對野雉雞，然後，就在宿舍門口打開籠子，母雉一溜煙鑽入蘆葦深處，而雄雉清唳振翅，化作一團彩豔飛向對面山腰。「一千五百元呢，素食館可以辦一桌好菜了。」有人這麼戲謔的說他，也有人擔心的說：「山高水闊，谷深澗長，這一公一母再相逢何日？」一派斯文多情的豐富表情！

人類主宰不好自己，卻常常干擾所有鄰近的生命，有人放生，就有人專門去捉活的，慈悲論斤秤兩的叫價。若冥冥中真有主宰，人類行為的操行分數，也難打得很。

耳裡迴迴盪盪那一句「上鉤了」，如刃語音切入淒咽溪流幽澗，風過處樹搖影動，隱隱的殺機！

就這麼逃開了暗夜狩獵者，回到宿舍的閱覽室。

幾份當日報紙，輪流在手中翻動，菲律賓的坦克輾過支離破碎的政權；選舉後人潮聚集著高喊著騙局，而社會版永遠少不了弱肉強食，看報紙，會看得人血壓上升。這是為什麼閱覽室裡，武俠小說出借率特別高的緣故了，另一種無奈的遁世罷了。

所以，浸濡在奇幻江湖的武俠迷，也就不理會一旁奕棋和觀棋者，兵荒馬亂的世界。一動一靜之間，落落分明。

象棋是另一個殺戮戰場。宿舍裡能縱橫全局的高手沒有幾個，愛看棋的人就數也數不清了。偏偏這些沒遮攔的漢子，都古道熱腸得過了分。眼看就要將軍捉帥了，一夥全成了熱心有餘，智謀不足的諸葛亮，觀棋不語的真君子是作不來的。更有莽張飛，管它什麼起手無回，伸手入棋盤內推俥搬炮，重整兵馬，把兩國交鋒這等嚴重的情事，笑罵成一屋子繽紛繁華。

「世事如棋」，這是個滄桑的話題，局中人戰火燃眉，並無暇顧及。倒是角落處幾個喝老人茶的夥伴，透著些許白頭宮女的味道，烏衣巷外斜陽殘照，古今多少興亡，都在娓娓清談裡，徒留下一聲復一聲的浩嘆。人事、家事、世間事，真是如棋——誰能確切明白，下一步該如何走？

又想起這個老問題了，「人活著為了什麼？」接著便要問：「為什麼要問為什麼？」日子一任來去，歲月交疊著歲月，人世的憂苦一貫的沉深遲長，這個問題實在碰觸不得。那日和茹素的「修道者」一路追索生命的根抵。耶穌來自天堂；佛陀歸向極樂西天，而「修道者」虔誠皈依的「天道」，求一個來世輪迴時，能脫人今生所墮的苦海。他勸我修行要趁早，渡我化我苦口婆心，終是不肯承認生命必將委諸塵土的真相。

「慧根佛骨，我是一樣也沒有。」我說：「功名、嬌妻、兒女樣樣都捨了，真要作神仙，又有什麼好？」

這世界是個大觀園，我偏愛劉姥姥入世的胸懷，一點點感動，一些些驚喜，甚至幾番情腸千迴，便受了吧！

叨擾夥伴們一杯清茶，走出室外，迎面習習山風漸涼，身後沸沸燈影未歇，釣者肩一身清露，自蘆芒深處踏月歸來，市街遊蕩的人，薄醺微醉相扶相倚，長腔短調的浪人之歌一路唱著，都回來了。

北斗西傾，夜，拓荒歲月裡某一個夜，漸漸漸深。

山中傳奇

白天，工程人員是拓荒的盤古，烈日飛沙中揮斧闢地開天。

溫柔的夜晚，我在燈下撿拾一張張沾滿山林野氣的臉孔，以詩心為眼，細細端詳，彷彿展讀一篇篇山中傳奇。

鍊氣士

對孫老而言，能調來這荒莽山區做工程，恰似魚得水，虎歸山。

「幽澗深谷處流泉飛瀑，最多陰離子，相思樹林裡拿芬多精洗個澡，保證神清氣爽，延年益壽。」他推銷他的綠色主張時，常愛咬文嚼字。當然，他一定也不忘批評：都會區的汽機車噪音，會聽得人耳朵生繭，哪比得上此地鳥叫蟬鳴悅耳，混濁的塵霧油煙，只適合蟑螂老鼠呼吸，人要多吸一口都市空氣，便要多一種潛伏病因，老來才算總帳！

他一頭華髮早生，精瘦硬朗卻不讓少年，六十來歲的人，不管風雨寒暑，一年到頭都是汗衫短褲。黃昏下工，他獨自溯溪入山，沿途收集陰離子兼練他那套少林羅漢拳，清晨自工地宿舍醒來，孫老已在山巔吐納完畢，慢慢溜下來，聲如洪鐘的跟一隻隻才睜眼的睡貓喊早，早！早！

雖說孫老真像山中得道老猿，大夥聊天時他也口口聲聲自稱「老猴」，但我們才不會那麼不懂禮數，我們都誇他超凡脫俗，漸入仙佛，尊他鍊氣士。

再一年他就退休了，累積數十年的引擎修護技術，衣缽有人，他大兒子目前開了家保養廠。麻煩的也是這點，兒子硬要他退休後到保養廠當顧問，他私心則盼望能買塊山坡地，養雞鴨羊什麼的，說給老伴聽，老伴嗤之以鼻！罵他有福不會享，要當「老猴」自個兒去。

他說：「小陳啊！我這輩子沾油污、聞煙氣還不夠多嗎？退了休，老婆還叫我幫兒子忙！煩哪！」

孫老悵悵然若有所失，我順著他口氣安慰他，心底則認定此事理所當然！因為這是個顛覆的時代，世情義理和公道人心曾經界定的標準線，早已模糊不清。人生叢林裡每人都有一矛一盾，黑天暗地的互相攻殺！他老伴若以兒女紅塵扯絆他遨遊山林的腳步，算也是平常！

釣癡

世間萬般情事，一旦執迷成癡，想來都要惹出禍端，小劉就是個例子。

釣魚，這種古中國留下來怡情養性兼照顧肚皮的活動，原本意境極高，足堪入詩入畫，偏偏小劉多了個迷字，一切全走了樣！一下班，他釣魚袋一揹出門總要三更半夜才回來，頭一樁麻煩是同寢室的夥伴抗議，他擾人清夢，且室內魚腥味繞鼻三日不散！再者他因睡眠不足，上班時奄奄一息成了習慣，老領班常喝鮮魚湯不好說他，茹素持齋的工程師則已打過他幾次官腔。最難解決的麻煩來自他老婆——他老婆發誓永遠不煮他釣回來的魚，因為他一個月花掉的釣魚費用，足夠他們一家人餐餐有魚三個月不止！她恨透了小劉這項「惡習」。

老實說，我一向對釣魚這種活動相當反感。海島根本沒有長川巨湖讓人領略獨釣煙波的隱逸逍遙，絕大部分是窄窄一方魚塭，生擒活捉來許多魚族，關入池中，釣客一節三個鐘頭花上四百、五百，擠在堤岸上掄竿圍堵鉤殺！夜半寒風中個個都是髮如飛蓬，目露凶光的猙惡模樣。

很難想像我會和這一類的人物交成朋友，但小劉例外！只因有一天我聽到小劉這麼說：「釣魚就釣魚，流行什麼挫魚嘛！那些人根本不配拿釣竿。」為了釣魚場改成挫魚場，他的情緒壞過一陣子。

更有一回，我在清晨循山溪漫遊，走得遠了，卻驚見他獨踞巨石垂竿無語，曉霧微光中他凝止的清瘦身影，帶出三分出塵氣概，七分盎然古意，令我駐足良久。

我想，釣翁至樂，小劉大概已得其中奧妙，我則還在門外。

酒中仙

「古來聖賢皆寂寞，唯有飲者留其名。」

「醉裡乾坤大，壺中日月長。」

「何以解憂，唯有杜康。」

這些詩文短歌，都是老李酒後揮毫，貼他寢室牆壁用的。剽竊前人詩句，替自己嗜酒如命做詮釋，翻來覆去也就這麼幾句，大夥早聽慣看慣了。

有較促狹的會問他：「你老祖宗李白怎麼死的？」

「撈月落水而死，夠浪漫吧？」酒醉三分醒，老李答得漂亮極了。

「才不！給酒淹死的，你再喝吧！小心別走到河邊！」

話雖毒辣，究竟還有同事之愛。但老李聽不入耳，硬說酒是釣詩鉤，是掃愁帚，說天地無涯人生苦短，這短短一生偏多辛苦憂煩。來點酒，醉裡吟哦幾句，日子才好過。

他肚子裡除了酒，還有墨水，這就很難讓人在他面前砸公賣局的招牌了。

依我看，酒，這酒實在是他的惹禍精和掃把星。平素說唱逗笑，略顯幾分才氣的矮胖漢子，只要一喝酒，原本的「討人喜歡」全變成「惹人討厭」！當他醉態可掬的敲人房間尋人講話時，宿舍區真的是人人緊閉戶，家家不開門。

那一夜是個錯誤！我一盞他鄉夜燈猶未熄滅，燈下，執筆作鋤，正在稿紙阡陌上辛勤墾荒，是這盞燈的溫暖吸引了他。我原已確定關了門，他卻硬叩著我的窗，就站在窗外，隔著一層朦朧窗紗，跟我訴盡情腸。

夜涼如水，幽寒透衣，我傾聽他零碎斷續的語音，彷彿正看著他在崎嶇命運上蹣跚的腳步，一路行來，無盡的酸苦。最難解婚姻失敗的結，讓他從此落籍酒國，心比天高，命薄如紙，是我的感覺，他的困境。

隔天，他依然是老李，掉幾句詩文，說一些醉話的酒中仙。只我知道，他內心深處曾經拉開一條縫隙的厚重簾幕，又合上了。

賭王

賭王則永遠不肯透露他內心世界的真相。

他外觀稍嫌單薄，但神情冰冷而安靜，說話、做事條理分明且迅速準確，就憑這點長處，土木工程上任何施工障礙都難不了他，上司器重他的技術經驗，手下也服他管，工作崗位的成績單他滿分。

白天人人叫他王工程師，晚上則是賭鬼老王，跟他打過麻將，推過牌九，比過梭哈的同道中人，齊齊封他賭王。據說他一坐上牌桌，那神態就同《魔鬼終結者》裡的液體機械殺手一個樣，尤其梭哈，他的底牌未翻時，從沒人能自他冷眉冷眼中尋來蛛絲馬跡，臨陣之氣勢，真可謂懾人心魄！

我和他沒啥交情，工作上各安其位，互不干礙，偶爾碰面，點過頭就算數。我總認為，賭，是人性中的「貪」付之行動的見證，打八圈是賭，玩股票是賭，已有寬敞住家，還另外買了兩三棟房子；不識稻麥黍稷卻炒作了許多土地，也都是賭！一個賭字，架構出如今泡沫經濟型態的社會，貪心的人，全讓利益的色彩眩迷眼目，臨淵而未知！

而賭王好賭，已在金錢去來之間虛擲多少有涯人壽？乍輸乍贏之際，我不信他真能心若止水。我一向也算得上冷漠鎮定，而情緒萬丈波濤，我寧願為這人世諸多深情波湧，不——為——賭！

所以，賭王只是我同事，不是朋友。

火龍守護神

同事之間，只有一人和我相交莫逆。

希臘神話中有隻火龍，牠吐出的烈焰能將森林燒光，岩石銷熔。為防牠逃入人間，宙斯派了個巨人負責看守。這巨人總共有一百隻眼睛，五十個眼睛休息時，另五十個眼睛仍可監視火龍的動靜。我這朋友曾寫過一篇文章，自稱火龍守護神，說他不止看管一隻火龍，而是一大群！

土方工程進行中若遇上頑強岩盤擋道，難免施展霹靂手段，開山裂石全靠炸藥，一座炸藥庫的儲存量，威力果然可比一大群火龍，寶哥——我一向這麼叫他，他正是炸藥庫管理人。

床頭掛著高壓電擊棒，偶爾風吹草動，他會攜械巡視一番。日夜班的守衛打瞌睡他得管，幾隻光叫不咬人的土狗他得張羅殘羹剩菜，還有，領一次炸藥雷管，報表直可寫上一大疊。炸藥庫管理人事實上忙得很，然而，他最常在我面前吐露的心事卻是「寂寞」兩字。

炸藥庫離工地宿舍有段距離，屬邊陲地帶，路口又立了個「非請莫入」的木牌，平常原就人煙罕至，逢年過節，工地人全走光了，寶哥仍得日夜留守。「寂寞荒山，終日唯蟬嘶蟲語入耳，那滋味——！」寶哥拉長聲音，搖頭一聲長嘆。

工程人員，誰人不把鄉愁藏入夢魂？他鄉夜雨，那淒涼滋味真能痛徹心肺！因而宿舍裡儘多酒意喧嘩賭興正濃的熱鬧，迷迷糊糊的便把時間打發，然則寶哥不能！炸藥庫的警戒工作需要絕對的清醒，這份清醒，讓他不得不面對寂寞之刃厲亮的刀鋒。

「繼續寫文章吧！梭羅若捱不住寂寞，也寫不來《湖濱散記》這本好書。」我鼓勵他，深信環境正密謀造就出一個大文學家。

「喝茶，喝茶！」他微笑錯開話題，替我倒茶，我看到他眼中深思的神采閃動，像朵小小的焰苗。

漂泊男子漢

體壯身豪，任俠仗義的阿郎，你絕對看不出他跟鄉愁啦寂寞，這等柔性字眼有何干係？

我們這群慣於飄泊的拓荒者，行囊一揹便是天涯海角，阿郎的行李中永遠比人多一樣物事——木屐。古拙的厚底木屐，上面三個字：男子漢。

整個工地宿舍，只他一人下班後穿木屐，腳踏兩條船，不能跑也不能跳，因而他走起路來，就像和風中揚帆的輕舟滑行於無波無浪的海面，平穩優美兼而有之。木屐在現代生活裡簡直是稀有品種，他第一次獻出寶來確實引起眾人側目。相處日久，愈發覺得此子大有古人遺風，著唐裝、練國術、精研易經、道德經等，偶爾同事扭了筋，睡歪了脖子，他推拿拍打之後立即見效，藥草針灸，風水堪輿，都能蓋得夥伴們一愣一愣，打從心裡佩服他真是珍禽異獸。

我和他同寢室，習慣夜深人靜寫稿的我，一盞孤燈斜斜的也照著他床上趺坐的身影。我思緒千折百迴，為紅塵世事眼熱心痛，他則禪定無聲，如木如石，往往我倦極欲眠時，耳邊滿滿是他悠遠綿長的呼息聲，如浪如潮般推我入夢海。

將漂泊命運，以鄉野草莽活潑潑的生機，覆掩其悲情的本質，阿郎算處理得最瀟灑！由他的言行舉止，可以探得他隱忍而昂烈的草根風情。這樣的人，放入古時江湖，當時豪俠劍客之流，仗三尺青鋒問世間不平。擺在當今惡世，難免紋身揮刀，成為闖出廟街市場一方地盤的迌迌人了。

幸好，他只是拓荒者，長期荒山野嶺的歲月，煙嵐澗水逐漸濾盡他性情上凸愣的雜質，他愈來愈像他木屐上的字，男子漢，而且是個蕩拓無拘的漂泊男子漢。

今宵酒醒何處

楊柳

人，是提著米酒瓶，在庄內四處晃蕩的廟公，憨仔伯。

事，已湮已遠，一顆炸彈把大圳溝攔腰挖了個深潭，也奪走正在圳邊洗衫的「金珠仔」，憨仔伊某，更慘的是肚子裡還懷著囝仔。

物，那株老柳樹，硝煙中當時就歪斜了身子，千萬枝垂浸入水的柳條，彷彿還待摸索或撈取什麼！

村俚鄉語裡，總會有一些特異的人事物，被繪聲繪影的流傳著，於是，憨仔伯慣常醉酒酣臥的圳溝頂柳樹下，便成為童年記憶風景，最淒詭的禁地。那些愛哄小娃的老人家總是這麼說：「憨仔想不開，伊在等候金珠仔攀著柳枝，爬出來相會。」

晨煙暮靄，田裡稻穗風翻金浪，淺溝魚蝦往來奔忙，小庄頭永遠像個溫婉的母親，縱容孩子們田裡溝底滾一身泥塵，只有大圳柳樹這個角落，玩得再瘋再野的孩子也不敢靠近，怕見著那酒氣的、直愣著眼的一張臉，更怕的是那水波上搖曳的柳枝末梢，什麼時候會伸出一隻手，掙扎呼喊著要攀爬出來。

慢慢的，講故事的老人逐漸凋零，聽故事的小孩也大都離鄉外出工作，只有柳樹，依然固執著彎腰救援的姿勢。憨仔老了，酒愈喝愈凶，佝僂的身影，還時常出現在柳樹下，瞑坐無語。

慢慢，慢慢的，長大的孩子知道，那只是一則故事，一則離亂人世中的愛情故事罷了。而憨仔伯真的想不開，就這麼把一生全賠了進去，如此而已。

岸

他也自覺近來體力大不如前，循著圳溝土堤走到柳樹下，心臟搏跳的韻律，就像敲擊一面小鼓般，咚咚直響。

從溝底往上蔓延的空心菜，纏上了土堤的番薯藤，亂成一團，好幾次絆著腳，差點拎不住手中的米酒瓶。「老啦，真正是老了！」他微微嘆息，好像才不久之前，他還會一路把番薯藤和空心菜分出一條界線，順便舀起溝水澆著，怎麼這會就全爬滿了？

腦力也差多了，日子過得有些昏昏亂亂，竟是想不起來多久沒走這條路了。「差一點袜記，金珠伊愛人陪伴。月又擱圓啦。」倚著樹幹坐穩後，他想。

圳溝水流邊小村莊外圍，到了柳樹這兒匯集旋轉一圈，又順著庄尾竹林，沒入漠漠水田中。黃昏、夕陽懸在竹林頂端，把整個村莊燒成大片的，血樣的淒豔。一口酒，一粒花生，這樣辛辣芳香的滋味吞落肚中。讓他有種擁抱人世溫暖的歡喜，而臉上的酒紅，淹漫入眼睛裡，眼神逐漸黯淡如暮色，斜倚著柳樹的身軀，也放軟了下來。一粒花生一口酒，酒意擴散成難以抗拒的暖潮，把他淹沒。記憶升起，像噩夢般誘他掉陷，他不願掙扎，不願醒。

越過那一幕血肉沾掛散碎的魔魘，他還記得，煤油燈下，她縫製嬰兒衣褲的羞赧表情；還記得，那天早上，她嬌嗔著掙脫他的糾纏，提著一桶衣服出門的背影，還記得……。

老柳樹被炸斜身子，他僅有的一方天地也從此傾覆。他忘了哭號或悲泣，只覺得渾身僵涼冰寒，當村人攙扶著他回到庄尾土厝時，他還是冷，冷得顫抖。於是，他把金珠仔準備做月子用的米酒，灌下一瓶，醉了兩天。

接下來，斷斷續續的四十年。酒是海，他在醒與醉之間，泅泳著尋岸。

曉風

圓月來到潭邊時，水中便亮起了一盞銀燈。

風走過，老柳樹伸入水中的手臂，開始焦灼的，努力的揮動，波心月影霎時翩飛如螢。丟開空酒瓶，他瞇眼凝注水潭，期待在散碎還聚的清亮中，相尋一雙熟悉的眸子。金珠生前最愛月圓，總忍不住央求他陪著，在這柳樹下逗留到深更。當她偎入懷中時，他清楚的看到，她眼裡鑲著月的晶瑩，閉上眼，月光就溫柔的敷上她玉般的頰，若有什麼癡情話語，便是她說過，願他相伴看盡此生每次月圓，而他，曾經用力點頭答應過的。

廟裡，他常看著神明悲憫的容顏，氤氳香煙中把誓言說過一遍又一遍，說給神聽，也說給金珠聽，月月月圓，他會走到柳樹下，任由月光染白他的髮，憔悴他的臉。

煙籠水田，蛙鼓蟲鳴遠近唱和，風已止歇，柳條無力，一潭水月全安靜了，像一場狂亂夢魘後沉沉的睡眠。他也倦了，枕著石頭躺下，夜霧流漾在他眉間髮際，凝集露滴如淚，幽明乖隔的事實，他心裡分明，卻也相信，潭中一縷芳魂，還是歡喜他來相陪，在每一個月圓。

夜最深時，曉風輕起，他終於闔了眼，而一顆淚，一顆自眼角滑出的熱淚，漫漫的淌過枯萎的臉龐，沿著皺紋一路細數酸辛，到了唇角處，略微踟躕後，奮身一躍，悄無聲息的跌碎在泥土上。

把生命璧還大地的一種，無怨。

殘月

廟公換人，這在小村裡算得上是件大事。

三牲供品前，新廟公擲筊徵得神意許可，憨仔伯的骨灰就葬在老柳樹邊，並且蓋了一間低矮的小祠，讓他遮風蔽雨，庄裡重情重義的老人們，偶爾在圳溝頂挖番薯時，會順便在樹下休息一會，插三炷清香。

除了這些，庄內一景一物，在一貫沉深遲長的歲月裡，並沒有太大的改變，年輕的一輩，各自安身立命於都市煙塵中，秧苗年年新綠，紅磚瓦厝裡的人臉，容顏漸老。

回鄉省親的人，聽父母說起憨仔伯醉死在圳邊的情景，總是相對搖頭嘆息，能說什麼呢？泡影夢幻般的人世，憨仔伯以唇角一顆圓圓的淚珠，把一生圈下句點，值或不值，又有誰能論斷？

而柳樹，那株獨守深潭的老柳樹，便成為小村莊最古老的見證，一段生與死的情意纏綿，全攏入牽扯的千絲萬縷中，風起時，悲歌如泣。

還有那割不斷癡愛情腸的，一彎殘月如鐮，正上梢頭。

水雲深處一僧歸

晴時多雲。午後山區，慣常是這般虛張聲勢，陰潤欲雨的天氣。集集大山冷眼睥睨著對岸的鳳凰山，濁水溪忙作調人，左推右拒，清理出一條委婉曲折的界址，勉強維持著互不侵犯，最多事升騰的煙嵐，慫恿的山腳盡皆浮動起來，偏又雷聲也來助陣，在天邊擊響戰鼓，風，展開一路刀法，從樹間林梢殺將過來。

便和馱雨的雲騾打個賭，出「水里」，往日月潭的方向，終於趕在雨箭脫弦之前，先一步來到山巔的小廟，站在廟埕上，獨對千澗萬壑沉鬱的臉。

而小小廟埕，正承接著自雲縫中，晶麗灑落的陽光。

大坪林三鎮宮

廟，臨著危崖搭建，供奉年輕膽壯的哪吒三兄弟。

陳塘關九灣河畔，哪吒混天綾洗出來倒楣的巡海夜叉李艮，金剛圈打死了小龍太子，又在南天宮寶法門前，攔截一心想向玉帝告狀的老龍王，剝了他脇下四五十片龍鱗，把整個水晶宮眾魚蝦龜介，弄得全慌了手腳。

是不是因為這樣的緣故，這三鎮宮前廟埕，才特別留下一方陽光？龍師蝦將懾其餘威而未敢興雲布雨。

以今喻古，不覺搖頭莞爾，哪吒算得上是神界的不良少年，身上又懷著威力可比「黑星手槍」的法寶，難免到處惹出禍端，可是，神界的公理究竟可愛多了，哪吒為他莽撞的行為，也付出了代價，剔骨剜肉，還諸父母，一縷真靈不滅，以出淤泥而不染的蓮枝蓮華化身，終成西岐名將，封神榜上位列仙班。

濁世紅塵，如今還有多少！多少迷途的哪吒，能為回頭的浪子？

廟埕邊緣，幾竿長竹上結綵掛燈，綵帶已褪去原來鮮麗的顏色，紙糊竹編的燈籠，字跡還清楚可見，寫的是「風調雨順，國泰民安」。

這八個字，從遙遠未知的年代，一直延續到今日，寫不盡烽煙水旱的噩夢，霸權迭換的苦難。國泰民安，是求人，求個明君；風調雨順，是求天，求個衣食溫飽而已。這樣的心願，不僅僅是大坪林三鎮宮附近的信徒，而是，呵！是整個中國歷史的吶喊啊！

魚池萬善堂

三鎮宮危峙山巔，凌雲招風餐霞，大有飄飄仙府之慨，相較之下，魚池和水里交界處，這萬善小祠堂便透著幾分寒涼了。

窩在山坳底，只在黃昏的時候，一線殘陽才能斜斜照入廟庭泥地上，小廟四周蕨類苔蘚攀爬山壁，輕霧盤據流連。綠，濃得化不開似的。

以廟為驛站，摩托車「追風」是現代化文明的馬，馱著我一顆任情隨意的旅心，便逢廟禮「佛」吧！進入廟內，驚見神案上並列一白臉一黑臉的主神。白臉慈眉微笑，黑臉環眼虯髯，身前一座三足銅鼎內，香菸半滿，鼎邊米酒數瓶，瓶蓋已開，酒氣醺人欲醉。

少見如此混濁的供奉方式。酒是公賣局的酒，菸是真的香菸，有濾嘴沒濾嘴的菸屁股，銅鼎裡插了個半滿，連紅布幔上「有求必應」四個字，也讓尼古丁燻成半黃。這原是土地公祠的廣告「詞兒」，怎個出現在此廟身上？莫非……想到這兒，再看看立廟碑文，慌忙點了根香菸，也倒插在香爐裡，合掌躬身。

合了掌，躬了身，我可是不求什麼。萬善堂拜祀的原來就是嵯峨山路上，過往今昔的冤魂厲魄，而一善一惡的山神，正以剛柔並濟，恩威齊施的管轄手段，護佑人行車過不受干擾。

然則，人慾洪流，顯然破壞了原有的山中秩序，看那一爐子香菸殘蒂吧！大家樂到六合彩，自從有了所謂的「求明牌」，多少人在夜半淒迷風色裡，紅著眼，注視著香灰焚炙後，扭曲呈現數字形狀的玄機，以菸酒和歌舞團的誘惑，許下中大獎的心願。

午夜山風勁厲，幢幢飄搖的人影，亂髮飛蓬，人與鬼，幽明殊無不同。

人性一沉淪，便具鬼相。慨嘆著走出萬善堂，群峰清朗，雲情雨意盡無蹤跡，而一溪濁水正悄悄吞落紅日，夜幕披展著黑色羽翼，要把所有真相，一起遮掩。

頭社碧玉宮

因此，碧玉宮新晚初燃的瓔珞燈花，盞盞光明正大，便吸引我駐足。廟宇飛簷重疊，彩繪雕飾許多祥禽瑞獸，在夜霧流轉中，揚鬚剔翎，栩栩如生。莽野初民留下的神話和傳奇，一則則彷彿重現。

碧玉宮氣勢恢宏，大異萬善堂那譎詭的氣氛，這要歸功於坐鎮主壇上的紅臉大漢，寬袍環帶，美髯垂胸，好一副威風凜凜的莊嚴寶相，是關公，護嫂離魏，一路過關斬將的血性男子。楹聯燙金大字：

忠心昭日月．辭曹歸漢
正氣震乾坤．安國保民

深植人心，綿延至今的是個「義」字，倒無關歷史，野史上那些雖精采卻湮遠的往事。質樸拙實的百姓，可以無視「朝代」起落迭換，當橫暴屈辱來臨時，那些子民心中還有個神，手執青龍偃月刀，有能力伸張正義的神祇，便夠了。

歲月遞嬗，悠悠千古，儘管太平盛世的比例不大，確信靈威暗佑，這日子，也就這麼過下來了。而今，理性和科技掛帥，神與佛，皆被嗤為迷信，新生的一代，除了法律強制性的制裁，還有什麼力量，可以約束蕩逸出軌的道德人心？就算「黑道」吧，也是倫常盡喪，一些後生晚輩，有槍便是老大，在他們眼裡，可還有義理的存在？

兩旁偏殿，寫著禮門義路，只有桌椅陪伴著壁上麟鳳。杳無人跡，無人跡。

轉入正中主殿，泥塑關公還自顧看他手中經書，也沒翻過，關平周倉，執刀捧印，站得有些僵了。案上香花素果，鼎裡煙騰霧繞，四壁燈光輝煌，如此華麗舒適的環境下，這部《春秋》，恐怕比不上當年草盧，就燭展讀時，來得專心吧？

也還是合掌躬身，也還是不求什麼，說聲打擾，揮手告別，出得門來，天色已暗，小山城的燈火，在濁水溪畔的煙嵐中，散聚如螢。

天下第一軍師廟

諸葛孔明，身長八尺，瑯琊陽都人氏。躬耕南陽臥龍崗，胸懷璇璣，劉備三顧茅廬，終以布衣入相。三分天下後為蜀漢之謀臣。草船借箭、七擒孟獲、火燒赤壁等等，這些野史上渲染的事跡和〈出師表〉中一句「鞠躬盡瘁，死而後已」傳誦千古。星殞五丈原之後，被後世推許為天下第一軍師。

車過日月潭畔，經隆中橋，來到魚池鄉這個軍師廟小歇，廟前石獅瘦骨凸楞若病，兩棵老柳樹枝垂葉密，廟側雕塑巨大立像，諸葛亮身著八卦袍，羽扇綸巾，巍巍孤立風露之中，寂寞蒼涼的容顏，彷彿還為身後，那個樂不思蜀的阿斗而惋嘆，嘆一番苦心，盡付東流。

真是盡付東流，三國鼎足，僵持多年，竟讓「路人皆知其心」的司馬一家，獨得天下。橫槊賦歌的曹阿瞞，情何以堪？白袍儒將的周瑜，豈能瞑目！這些特異的豪傑，到頭來，霸業成空，又何獨諸葛？

緬懷當年英雄名士，爾今安在的感慨油然而生，便要學那漁歌樵唱，笑看那春花秋月，青山斜陽。

更上層樓，門上匾額寫的「啟示玄機院」，諸葛軍師正中央端座無眉無語。五十塊錢一份的金箔香火，堆得滿坑滿谷，誰不煩哪！這般擲筊卜問喋喋不休，盡在數目字上打轉求利，有幾個問的是安邦定國的大計？

不忍見那諸葛鬱鬱窒窒的神情，回頭往水里的方向奔馳，山路迴蕩牽纏，新月一鉤，獨守山頭。

以一個率情的午後，相尋斷崖高寺，任由思緒在古今衰敗繁華之間沉吟，換來此刻山月如燈，逐漸照我心頭雪亮，輕霧煙嵐，雖說仍在眼前遮攔掩瞞，而身已似孑然一僧，正向著水雲深處——行去。

卷　三

人間

是如何一個孤冷決裂的手勢，

讓豐年正茂的尼姑們，

揮得起菩提慧劍，

就這麼斬卻人世姻緣的

千絲萬縷。

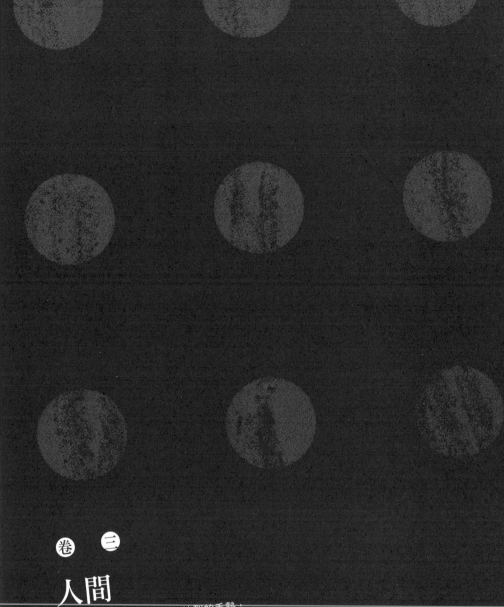

檳榔專集

哥哥在樹上採檳榔，
妹在樹下抬頭望，
誰先爬上我替誰先裝……

一曲〈採檳榔〉，嘹亮清歌曾經響徹椰風銀浪的南國，郎有心妹有意，並肩行向落日晚霞，這情況挺迷人的。

我愛跟著哼呀唱的時候，正當多情少年，從未深思那情哥情妹採一籮筐的檳榔回去幹嘛？如果早知道，早知道檳榔是拿來吃的，而且吃起來是這副德性，我大概就不會那麼喜歡這首歌了。

戒不掉檳榔

翡翠皮，白玉肉，粒粒晶瑩剔透，檳榔外觀原就搶眼，再加上一雙纖柔素手執精緻小刀切削雕鑿，荖葉紅灰鑲嵌得恰到好處！所謂藝術，所要求的也不過是美與和諧，大落價時這「藝術品」一百塊一大盒外送長壽一包，誰能抗拒誘惑？

所以，路邊看見「戒不掉檳榔攤」的招牌，我不禁心折此家老闆對藝術之情深意重兼理直氣壯。

然而，夥伴們的說詞大不相同：台灣島像你這麼有水準的沒幾個，啥米藝術品囉？我看是摻落「安仔」卡有影。

有人不盡同意：「無吓呢恐怖啦！滴幾點高粱酒就醉擱茫了。」

如果「戒不掉」指的是一定會吃上癮，那麼，耍這卑劣技倆的人焉敢白紙黑字寫得斗大？我才不信，不信小小一顆檳榔，暗藏這般惡質人性。

愛心檳榔

譬如我又看到「顧腰子檳榔」，看到「來躲雨檳榔」。閩南語「顧腰子」，有強壯腎臟功能之意，想必是紅灰泥裡加入中藥補品，藥效如何且不管，好意心領。來躲雨更見體貼，寶島燠熱氣悶，西北雨說到就到，帆布篷架雖簡單，的確適合落湯雞擰擰一身溼透的涼意。這個時候，如果守檳榔攤的女郎嬌且媚的話，來躲雨的人客，恐怕會巴望著這場雨綿綿密密的直下到地老天荒才好。

這兩塊招牌，各具粗獷與溫柔的好心，令人看了看便要在唇邊掛朵微笑。

據我調查結果，檳榔攤當初僅是農忙之餘，婦道人家在自家門口擺張桌子，切切洗洗捲葉調泥，賺微薄手工利潤度小月之用。後來買的人多，副業成了主要收入，不免擴大經營，選擇鬧街路口掛起招牌。競爭逐漸激烈後，不僅在檳榔等級上挑出幼齒、特幼、特別幼，連家中的丫頭也選出來較體面的，叫她們摘下花巾斗笠，打扮成西施的模樣，坐鎮在特別整修裝飾的檳榔攤裡。

別出心裁的招牌下，閃亮亮的彩色小燈泡，映照一張張花顏笑靨，成就如今台灣街景中最草根的風情。

至於被戲稱台灣口香糖的檳榔，究竟誰吃？為什麼吃？吃了又會如何呢？

停車再開檳榔

如果「停車再開檳榔站」的站長沒弄錯的話，檳榔人口當屬駕駛朋友為大宗。長途貨卡車司機要上高速公路，交流道入口先停車，買幾盒檳榔，包兩份香腸黑輪，正餐和零嘴一併行車之中解決。由於高速公路南來北往絡繹不絕，交流道附近的檳榔攤，絕大多數標榜著24小時服務，以小觀大，買與賣者都辛苦，台灣經濟奇蹟由此可得驗證。日夜有人駐守的檳榔攤，另一大宗消費者應是計程車司機，理由相同，長時間局限在駕駛座位上，都因生活所逼的不得不！用盡目力、耗光精神體力，疲倦比無盡的路更漫長，風霜塵色敷上僵冷的臉龐，只剩下一口口檳榔，還能慢慢燃燒出兩頰一些暖色。

若說人世生活恍若戰場，英雄總把火與血咬牙吞落腹中，那些個轉戰世途不眠不休的漢子，誰不是如此這般？然而，一口檳榔的火與血，丟入嘴裡，才知生活滋味有沙質粗礪，有荖葉澀苦厲烈！由不得他不「呸」一聲吐出來嘔心瀝血的驚心。

也就是這初嘗滋味的第一口，把生命淒豔的底色揭露，誰都不喜歡！不喜歡被生活擊敗後垂首吐出的不負責任。

許多人有這樣的經驗，前頭車子打開車門，司機低頭吐出一口檳榔汁，德性操守攤成一方刺目的紅，叫人嫌，惹人厭！更可怕剎那間車行如蛇險巇難測，運氣差時便是哐噹噹一場禍事！

檳榔須吐渣吐汁，一嘴淋漓的狼狽，知識份子不肯因它有辱斯文形象，應是檳榔永遠難登大雅之堂的原因。

免吐汁檳榔

終於有了免吐汁檳榔出現。標榜著「軟纖細緻，紅汁不沾唇」的招牌，或者正極力洗脫檳榔與人不潔的印象。然而，可能嗎？即使可能，紅唇族肯認同已失豪悍血氣的斯文檳榔嗎？我存疑！

猶記得在沙烏地阿拉伯那些個烈日風塵的日子，偶有同事返國休假，總被叮嚀買上一大包檳榔，買來了，連平常不吃檳榔的斯文人也會來一口，說這火樣的天地中，來口生津止渴的檳榔最道地，痛快的吐向沙漠吧！腥紅的唇角不用急著擦拭，那是台灣風情的顏色。

滲入鄉愁的檳榔，嚼著嚼著只是品味那思念的口感，算不得準。如今，我身處南台灣僻遠的牡丹山區，原住民裡許多俊男美女婦人老翁，檳榔咔滋咔滋不停的響，看慣了，頗覺檳榔就該吃成這般原始面目才叫愜意。

山胞自製的檳榔，跟平地的細緻不同。荖葉塗層灰泥，把檳榔捲成胖包裹，一顆便要把嘴巴塞得紮紮實實，一股草木辛辣直衝腦門，我試過，趕忙吐之不迭！山胞原味檳榔，很要有些段位才消受得起。

恆春半島至今仍留檳榔待客的習俗，婚嫁喜宴，檳榔為必備之禮。我認同某些土著以獸骨穿鼻刺青紋頰為美，就像我不排斥檳榔文化一樣，但，老實說，沒有檳榔癮的我，到現在還不曾發現，有誰能把一口一口的檳榔吃得端肅有禮，儀態萬千。

族群不同，共識不易建立，大概我這爬格族總難免斯文作祟吧！

小龍檳榔專集

將檳榔攤、檳榔站，取名檳榔專集，這招牌取得有學問。

中國文字精緻細密，令人嘆服！專集原有收集聚合之意，如《飲冰室全集》、《單身女郎雙人床寫真專集》等等，用得上專集兩字者，大都把最美好的、最精粹的東西，以藝術型態呈現。檳榔也可以用專集嗎？

小龍老闆說：「我這檳榔來自屏東、嘉義，甚至遠至泰國偷渡而來，集中此地，稱為專集有何不妥？」

偷渡觸犯法律，檳榔吃相不雅，老闆不顧形象追逐利益，那也罷了。最不該剽竊「專集」兩字之典雅韻味，讓人不得不朝善與美處想！誤人思考方向，莫此為甚。

我寧可喜歡勇伯、阿桐伯、小梅、阿秋等檳榔攤的老實作風。小梅姑娘擺了攤小站賣檳榔，就叫小梅檳榔攤，招牌不用咬文嚼字，也顯得名副其實童叟無欺，找她買檳榔絕錯不了。

長途開車時，我通常會找路邊檳榔攤暫時停車，按下車窗朝外丟出一句：「咖啡一罐、寶島一包，不用找零。」那些小梅、阿秋等姑娘一張笑靨湊到窗口，遞過來冰飲、香菸，總不忘含笑相問：「檳榔要嗎？」檳榔攤叫賣檳榔，這是敬業和負責任的作法，我搖頭的時候，總有幾分歉意。

她們照樣把謝謝和一聲再見，喊得脆亮悅耳。

真的，在機車穿梭呼嘯，卡車、自用車閃遠燈按喇叭的公路上，你習慣冷漠競逐的剛硬脾性，多少會因為這樣的街頭溫情而稍稍柔軟些許。

足夠了，我想。

忠告紅唇

檳榔這陣子又漲價了。

社會新聞版上披露，因為中部檳榔採收已近尾聲，屏東檳榔尚要一個多月才成熟，青黃不接之際，為了供應紅唇族消耗驚人的最愛，許多大盤商相偕前往泰國採購。警方正密切注意泰國檳榔祕密偷渡的管道。

國內的檳榔園，此刻也進入戰國時代。那些採檳榔的情哥情妹已沒心情唱山歌，為防宵小大盜明偷暗搶，正毫不懈怠的提燈夜巡，聚眾守城！

香菸美酒，明明都是害人精，全世界一起算，沒聽說有哪個國家能徹底禁菸禁酒，檳榔吃多了，口腔癌、食道癌都可能發生，這好像也沒嚇著紅唇族掏鈔票的動作。自喻萬物之靈的人呵，偏是在這些事上表現的又固執、又勇敢、又愚昧，哎！

浴月

不確定為什麼，我要在如此深夜孤身入山，獨坐懸崖邊緣！

剛開始應是這蠱惑人的月光。十五、十六的滿月，又圓又亮，一點瑕疵也挑不出的掛在天空。山巒的稜線明顯界定了天上人間，往上看，群星閃動微光，幾朵浮雲閒閒遊移，散心解悶的樣子。稜線下，墨夜人世恍如帶著沉重的呼息，睡成一片頹廢荒莽的墓域。

我是他人睡時醒，醒時睡的人，這樣的山中半夜，室友已入睡鄉，夢魂猶齜牙裂嘴打拚著今日未完明日待續的工作，肯定沒人瞧見這一輪明月。

一整日的精神不濟，我歸罪於昨日打完球後，脫衣讓夜風吹乾一身熱汗的貪圖涼快，晚飯一過即昏沉睡倒，醒來身上猶烘烘燒燙。躡足走出室外，便和清風明月劈面相逢！轉身拿件外套披著，認定一處稜線，逛上山頂，懸崖邊緣，找到一塊最孤獨的巨石坐下。

雙手護住焰苗，點根菸，吐出迷霧散入山風中，風吹得涼快，而額際卜卜跳動的血管，叫不醒渴睡的、害疼的腦袋。什麼也不能想，只是很明白自己的心靈，此刻絕對安靜冰冷，微塵叮然彈跳的聲音，清晰脆亮。

生命中的紛擾塵念此起彼落，廝纏不去，惹人厭惹人煩！我已頻頻擦拭，依然！然而近日來，大悲大喜的滔天巨浪，漸少湧動。慣看的生活情節，枯燥得令人直想一瞑不視！看自己，看別人，活得煙塵繚繞，彷彿觀看一齣預知結局的短劇，哭是假，笑是假，骨肉親情是假，海誓山盟更是拌多了蜜汁的假……時間冷笑著翻過一頁劇本，人世又是另一場戲，誰還記得上齣戲裡主角配角演得多精采？

果然是時間！

三十歲後，我漸活得有些急切。冒著芽抽長的童騃無知已遠，一頭栽進打鐵煉鋼磨刀磨劍的少年歲月也過了，知識與技能，白花雪亮的刀劍，掌握在虬結有力的手中，在人生戰場上縱橫交鋒，占自己的山頭，俘虜女子一名拿來壓寨，不小心軟了心腸，溫柔鄉裡就蹦出來幾個小戰士，循自己踩踏過的征途，一路相隨。

直到有一天，黃昏或清晨，寂寞的站在自己的領土往前看，一山還有一山高，層層疊疊綿延遠去！感覺雄心又起，溫柔鄉裡把情愛捲做包袱，再上征途。路旁凌亂散置許多老舊碑碣，在歲月的青苔雨水中逐漸朽蝕字跡。「我不要，我立的碑碣必須亮眼而不朽！」瀏覽人世風景，我許下自己的諾言！

像唐吉訶德拿著鈍劍向巨大的風車挑戰！撞得人仰馬翻，生命的流浪武士尋不來挑戰的對手，髮梢容顏卻逐日染上飄泊風霜！說不上悔，眼中山不是山，仍然相信深藏岩隙石縫中的礦脈，還待我去挖掘；水不是水，以為一網撒落，那水便成我冰冷躍動的漁獲量，閃著銀光。財色名食，成為這般年歲所追求的紅蘿蔔，矇眼的驢兒踢踢躂躂的奔出千里世途。

慣跑的蹄子停不下腳步！跑過黃沙大漠，跑過海島窮鄉僻壤，到如今置身南台灣遁世般的深山谷底，幾番扯落矇眼黑布，環顧周遭同樣驢的夥伴們徵逐酒色，迷離醉意中偎紅倚翠，說是不虛此生。

而鄙視這種不虛此生的我這孤傲的驢子，是不是就該半夜無人處，如此這般在懸崖邊癡看一輪明月，聲聲問自己必須活成什麼樣子，才能讓自己滿意？

過了三十五歲，這個困惑的重量成了不堪負荷的擔子，壓得人喘氣艱難！時間早已安排了一場惡意的遊戲，它冷冷嘲弄紅嬰粉嫩嫩的頰，難逃鏤雕紋痕的結局，讓青春正豔的少女，繁花燦爛開得短短一季，便作凋零殘紅！認清它註生註死的真相，卻再掙不脫它遊戲規則的拘限。

這困惑不僅我有！世人熱中娶婦嫁夫，只為在第二代的子女漸長風華中，可能尋來自己已經消逝的痕跡，此謂之薪傳，這是遊戲規則內允許拿來安慰自己的一種方式；世人嫖賭飲難戒難絕，說穿了，也就是期望在單調的生命程序裡，脫軌片刻，調換一下被戲弄者的角色，雖說此種方法其實不能主宰好自己，卻還有人樂此不疲，像嗎啡，藥性過後疼痛依然？更有人選擇慕佛向道，持戒律，參苦禪，把身心修理成一截深山古木，這總算朝不朽踏出一小步，卻還不夠！人歲百年即休，都不知如何安排了，樹齡千載，杵在那兒任日曬雨淋，蟲蛀蟻咬，有什麼好玩？

都不是我要的不虛此生，都——不——是！

原本受點風寒的身軀，有些慵乏酥軟，陷溺於思慮洪波的我，更覺心頭一片溼冷！月朝西斜了點，更亮。指尖傳來一點尖利的灼燙，霎時化做巨斧盤石，把玄思冥想的冰面，嘩啦啦撞破！

探索永恆的妄念，電光石火般消滅，只剩下肉身的反射動作，中箭的兔子怎麼跳，我擱在石上的左手就是那種受驚的姿勢！燃指的菸蒂被甩落深谷，掉了好久還看得一閃一閃的暗紅微光，疼痛讓我忘記去傾聽這一點火星落入谷底溪流時，會不會嗤一聲冒起青煙。咬牙忍疼，我滿懷恨意仇視著幽冥廢墟般的山谷，希望這點星火最好卡在枯枝乾葉中，燒出一山野火，把隱藏的人世猙獰表明出來。看過真相後，我當墜身撲向野火，讓肉身和萬念俱成灰！

剎那的憤慨，讓我引頸俯望的姿態，有幾分懸崖的險巇。確定不會引起森林大火後，熾熱的心情漸漸冷卻，指尖燒炙的神經微微抽搐，還疼著！我湊到唇上輕輕吹氣，劇痛稍減，減少這幾分疼痛，竟撩起我被燙炙前微恙若醉的記憶，如果不被燙到，肯定會比此刻愉快許多……愉快？我訝異怎會浮上這個字眼，歡樂好像燈火明滅未定的遙遠城堞，少年的我曾經撫觸它每一寸牆磚木石，而今已是歡樂城堡裡被放逐的貴族，只留下一身悲愴的傲骨，零落江湖！

我訝異，也是因為那愉快的感覺如此真實，在那片刻完全替代了哲理思辯的精神領域！我突然想起：「最後，祝各位身體健康、萬事如意。」這句聽慣的頌禱詞。眼耳鼻舌俱全，手腳靈便，本身就是一種幸福，這種幸福幾乎和萬事如意同等份量，平常聽就聽了，還嫌講話的人找不出新詞兒，這刻才知道，身體健康，這是何等俗氣而真摯的祝福。

我審視自己長期武術鍛鍊的體魄，這一雙手臂伸直，還可讓兩個娃兒當單槓用，站起來，深吸口氣，拍拍堅實寬厚的胸膛，這是紅妝知己秀髮最愛披垂婉轉的地方。但——夠不夠呢？人們說這就是本錢，豐功偉績，輝煌前程全靠它！我們必須珍惜。

楚霸王逐鹿中原，虞姬同行相伴，垓下紅顏裂喉，烏江鐵漢刎頸，世人競說英雄美人；岳飛風波亭中任由碧血灑梅花；文天祥桎梏加身，願求一死以為人間留正氣，這些燦亮千百世、猶自令人低迴的忠孝節烈故事，主角在生死抉擇的關卡上，都把一己身軀視若無物，才能留下不朽的碑碣！我讓香菸給燙了一下，就整個人跳起來，嘖嘖喊疼，氣質風骨皆無，大人物？看來此生休想！

山的稜線，依然界分著黑暗與光明，天上與人間，我慢慢溜下懸崖大石頭，就著月光映照的山徑走回頭路。夜涼如水，薄霧浸衣，耳裡滿滿松濤竹浪，抬頭可見山月踩著樹梢，和我步履相合，走過一段路，焦躁火燙的心情僅餘灰燼殘熱。平淡老實，無波無浪的老百姓，究竟占了這擾攘塵世裡的九成九，會不會虛度此生，不是尋常百姓應該擔心的課題！

更何況，我還多出一盞夜燈，燈下一圈窄窄暈黃，是我樂於跋涉的天涯，我靈魂的仙鄉。

除了指尖水泡可能需要點紅藥水外，此刻，我最迫切的是到案前，扭開那盞夜燈，寫下浴月心情。

幽人獨往來

有一條石板鋪疊的荒徑，從工地宿舍邊斜向山頂，兩旁桂竹梅錯落，全好奇的彎下腰來，把路給擠窄了，想到盡頭處那座小土地廟，得有蘇東坡的癡憨，穿林打葉聲裡，還能吟嘯徐行。

黃昏，日頭欲落未落。天地洪爐，此刻僅剩餘燼般濛濛的紅。他只是出來散散心，隨手折了根青竹，便向山中走去。

也許是心頭有些鬱暗的情緒吧，走了一小段路後，他才發現選上了一條險仄的途徑。密蔭遮蔽大半的天光，竹葉如劍交織，風起時，竹劍在光影裡嘶聲「殺殺」，他猶豫了。

人在經驗或現實世界，習慣將事物作二分法，善與惡、美與醜、安全或危險。他想到的是回來時，天色暗了，這荒徑又是第一次踏上，而且枝葉藤蔓在這路上纏雜不清，一種鴻濛莽野留下來的動物本能，陡然讓他覺得不安，然則路只有一條，必須在前進和回頭之間，作抉擇。

這樣起心動念的困擾並不長久。剛踏上荒徑時，落葉在腳下脆裂的音韻和遊移的思慮，成了聲色迷障，把他罩掩，而幾乎才一駐足，他就聽到一聲微響，起自身前。一隻擺動長尾的綠繡眼，偏頭和他瞠目相視。

也不知飛過了多少幽谷深澗，這綠繡眼把山的顏色全塗染上了羽毛，或深或淺或嫩的渾身綠。怕是被誤認為枝呀葉吧！那尾翼「篤篤」晃動出聲，標示蹤跡。他愣在那兒，看著。林木寂寂之間，落葉石板荒徑上，一沉吟，一跳躍，動與靜的衝撞，撩起他那久不曾浮現的溫柔。像青髮童稚的記憶裡，鄰家少女脈脈眼波般的情愫。

度過了許多情感，才知道人最容易為難自己的，還是情感。每個人心底深處，總會有一個最荒寒的地方，淺埋深掩了許多隱祕，不想提起，不該提起，更不能向周遭的人提起。因為這一角落的悲喜怨憎，都是絕對的自我，不容分擔或分享給別人。於是，一些失水的交談，乾燥貧瘠的手勢，在堆積了大批的年月日之後，風化了真心。

綠繡眼尖啄細細，努力翻動葉片，只要尋著小毛蟲，便仰頭囫圇吞下，呃！那是醜惡蠕動肥膩的，蟲哪！想起晚飯餐桌上的蒸蛋鮮魚，他不禁嗤笑起來，這「人」是當好還是不當？剛剛還欽羨綠繡眼用不著散心解悶呢！

他是決定往那深處行去了，並不是了悟或是感動些什麼。多思多慮的性情，讓人在周遭景物裡悲欣交集，磨磨蹭蹭的繞了一大圈，這世界依然故我，徒然顯得人有點自找麻煩和多管閒事的味道。

便作個單純的尋山的幽人吧。這次走來輕暢多了，更加一份耳聰目明，他倒要看看，除了枝頭小鳥，還能碰上什麼驚奇。

有了！一隻蜥蜴。自草叢中衝了出來，溜過他腳邊，在他前面三步的地方停了下來，扭頭看他。這蜥蜴寶藍，亮紫的一身細鱗閃閃，若彩色也有性情的話，這就是最複雜的驚惶失措加強自矜持了。他脊椎那一陣麻冷過後，鎮定下來。嚇一跳的感覺相當奇妙，當然，必須是嚇一跳後，那使人驚嚇的場景因素，馬上改變或消失。此刻，他在確定並不會失去些什麼時，便浮上一種屬於太平盛世的快樂，讓一朵微笑自唇角綻放。現實生活中的挫折和懼怖就未必了，從發生到消失，往往延續得讓人萬念俱灰。

有時候，早起讀報紙，以暖暖的眼睛讀一些冷漠的消息。世情失序，人性混淆不明，白紙黑字密麻麻披露這些事實。國際版上的烽煙詭譎，離他太遠；社會版則又離他太近，近得讓人無由地拒絕關心。那一日在車禍欄裡，赫然看到一個熟悉的人名和地址，除了明白此後再也不必相逢之外，過往的相聚景狀便也自然的剔除，撕舊帳單的那種決裂方式。

他愛看書，書裡告訴他許多執恆無常的虛實，哲理思辯的奇正，讓他能夠在各種情緒紛沓尋來的時候，善謀對策。若有牽纏，皆因自心還留幾分不捨，其他，倒真是說放手便放手了。

因此，他朝前走去，而那隻蜥蜴潰逃入更密的林木裡，也就是意料中事，偶遇、僵持，都成過去式。他繼續走，感覺夜幕像一層又一層的黑紗，輕輕篩濾天光，慢慢遮掩暮色，溫柔而甜蜜。

再度停下來，是因為那大瓣大瓣的聖誕紅。十來株吧，燒成一道火牆似的，在整山綠裡如此搶眼，想不被燙一下都難。亮紅的葉瓣在樹上，暗紅的則鋪滿小徑，掩天覆地的開，也掩天覆地的落，生命能夠這樣的揮霍，簡直讓人難以問清情由。

他聽過一個修道的朋友這麼說：「人有三魂，禽獸二魂，而樹木花草僅得一魂。」這一魂是「長魂」，無知癡長的一種生命力，動物多了飢寒暖飽的感覺，人又多了過去未來的智慧，算是三次元的地位，故萬物為人所役，以人為尊。

而佛家的立論顯然不同，六賊不生，五蘊皆空，心情斷滅，要能心如槁木始證涅槃，所謂山中常見千年樹，世上難得百歲人，這是以木為師了。

承認少了幾根佛骨，一顆慧心，他斷章取義的認為，生不生，死不死的苦禪，讓人難以接受。若是能夠不脫濁世紅塵，而猶能心如明鏡纖塵不染，那是最好的了。可是，這般的大定力，古來也僅佛陀六祖等數人而已。世人多的是口口酒肉穿腸過，聲聲佛在心頭坐，既落言詮，便屬下乘，能騙的也僅是自己罷了。

入道成佛，看來今生休想。

就像眼前這聖誕紅，相約在這個時候，烈烈灼灼的開放，不要命似的。而起滅，飄落的過程，認真的近乎淡漠，寧靜的近乎潑辣，人生若是走到這種地步，還會有——或者說還需要什麼樣的掙扎呢？

夜的黑紗疊得夠厚了。星子還未擦亮，才停下來一會，稍遠些的石板路就不見了。青竹觸地，他加快腳步，要在雙目成盲之前趕到山頂那座土地廟。

上坡路容易喘，急促呼息風箱般煽熱身軀，逼出汗水，接下來是腰腿，那瘦乏的虛弱感，直拉著人往下沉。疲倦也是有重量的，拖累的前腳舉步難，後腳難舉步。他還是堅持不肯停下來，松鼠或是飛鼠枝葉擦身的聲音，舒張肺葉裡桂花清絕的香味，都無暇顧及。

終於衝出那千年萬年的漆黑。山頂小小平台上，一亭一祠，月如水，冰清流麗。他伸直腿，將體重均勻擺放在亭內長椅上，肩背很涼，卻有種世途跋涉後，霜塵落定的喜樂，盈盈胸臆。

便是這樣了，肢體活動的時候，情緒的波濤自然消止，再如何怵目驚心的過往，都能或藏或捨。因此，當他在思慮的網罟中無法脫困時，就索性放棄，跑一段路，練一趟拳，讓網結在汗水中朽蝕，他牢牢記住《飄》裡郝思嘉的話：「明天吧，明天再想。」這世界有這麼多不可救藥的辛酸和孤寂，躲不過時，拖延一會吧。

在漩渦之前，要忍得住縱身一躍，需要多少智慧取捨，多少慈悲含容？人世匆匆，需要如何的胸襟，才能得一份從容？

打個盹後，雖說還有些慵乏，心情卻是大好，纏繞不休的質詢，答或不答都不重要了。他站起身來，仔細端詳這小土地廟。

土地廟太小，需得彎了腰，才能看到擋在「有求必應」之後，土地公的臉。旁邊還坐個土地婆呢！夫妻倆白鬍子白頭髮，梳得油光滑亮，各自正襟端坐無言，而爐裡香煙殘梗淒涼，細看一會，倒有點貧賤夫妻賭氣的模樣。

偏不知是誰出的餿主意，弄個玻璃櫃子把老夫妻倆給關在裡面，就算塵埃不致沾污袍褶吧，難免幾分氣悶，這門上紅布招「有求必應」四個字，想來不盡可靠。

還是不肯失禮的，合掌躬身一會，再回頭看那一輪明月，清輝婉轉，嬌娜動人，映得那坡下梅園一片粉粉雪意，遠眺山巒開展，一路迤邐而去，幾株凋傷冷木，枝椏萎蔽光禿如臂，正以一種挽留的手勢，呼喚著古往今來，睡睡醒醒的衰敗繁華。

然則，韶華落盡，爭論止息，松果在山中，落地。

把一山竊竊私語，交還給守夜的公婆兩老，他循著原路下山，山下燈影輝燦處，是他必須擁抱的紅塵。

下坡路好走，隱隱有些墮落的暢快，他亢亢然一路行去，再不回頭。

海海人生

今天，到修理廠作車輛例行保養時，你聽到引擎老師父說了一句：「人生，海海啦！」

下班後，回到山腰工地宿舍，那一句最俗氣的感嘆詞卻還梗在心頭。你覺得自己必須靜一靜，想一想，循著小徑下山，就在谷底山溪尋了塊露出水面的大石頭，坐下。沒有任何屈膝扶頷顰眉闔眼等等小動作，那是羅丹的塑像才有的不朽姿勢。甚至你有幾分懶散，肩背斜倚著粗礪石面，垂下一足，撥弄著聒噪的淺溪，讓涼意自去攀溼一截牛仔褲管。

人生海海，滔滔世上潮，浮沉盡隨浪。

還記得老師父說話的表情，些微滿足，幾許不捨，聽著聽著你就想到了夕陽，一幅暖暖的日落圖。那時候，一票人拉雜的閒扯，忘了什麼主題，無非是人情、世局等種種牽纏，各抒己論眾說紛紜，都放不開。老師父那話是收場用的，人生海海之後還加了一句：「終其尾，你啥曉攏『沒有』。」話說得粗魯，可這釘子錘落，入木三寸，痛啊！

人世最後的解答，果真如此？下課鐘一敲，就得交卷，而且沒有看分數的權利，這樣嗎？

不由得想起你的職業，工程人員。以路為家，羈旅天涯，山郵水驛處殷殷託寄的都是些飄泊呀鄉愁的訊息，拓荒的盤古，寂天寞地裡孤獨揮斧無言。等到情緒好轉時，但覺群峰迤邐，谷深澗長，而你是永遠的一帆箏，好風如水在後頭相送，可以灑灑然、昂昂然的千山獨行。

喜和樂，職業罷了。領薪水的瓦和磚，蓋棟遮蔽生活風雨的房舍，尋個女人，養些小娃，好像這就是人生，人生？真是沒想過打分數什麼的！那些古聖先賢，活在歷史課本的扉頁裡瞪眼，一邊名留青史，一邊精神永存，這副兩頭擔子千百斛，有幾個人挑得起？

你還沒忘記，小學時老師愛出這樣的題目：「我的志願」。攤開作文簿子，總要你搬個最巨大的座標，杵在小腦袋裡。科學家、總統和老師，是那時節熱門的三不朽，不過是想求個「甲」而已。人生道途會走到那層階梯，必須有許多因素相輔相成，砍櫻桃樹的小華盛頓，拿著斧頭發著抖，結結巴巴的向他老爹承認錯誤時，也沒說他長大要當「國父」

的不是嗎？

那麼，是不是蒼天早已典藏了一本萬民宿命的祕笈？而且絕不容許他子民據理力爭！若說瘁盡性命的抗衡和掙扎，而其最終結局仍是「啥曉攏沒有」，這豈能叫人甘心，豈能？

真無聊，又鑽到了最古老的問題：「人，活著是為什麼？」追根究柢之後，通常就是另一個反問句：「為什麼要問為什麼？」

就不問了。你在大石頭上脫鞋挽袖，赤足涉水，想要藉著冰涼溪泉，冷卻一會煩躁的思緒焰苗。然後，再次仔細觀察，清澈溪流中溪魚溯水逆遊的景象。那些小小「溪哥仔」以削狹瘦長的身軀，迅速的在水流中尋隙往前衝，遇到石頭激起的浪花伸出巴掌當頭拍下，總是很快的一退即進。於是，每個迴流處，都會看到一小群溪魚伺機翻躍小龍門的鏡頭。這該有點啟示了吧？書本上不是有個敗軍之將，躲到洞裡觀賞蜘蛛結網，而且領悟了什麼叫做百折不回，結果下一場戰爭就打個大勝仗了，不是嗎？

沒什麼感覺！太童話了。倒是你伸手入水，屈指前後包挾，行軍布陣，含泥帶水的捧起一把沙石，裡頭才有你想要的俘虜，一隻彈跳的長螯溪蝦。這招空手捕蝦的手法，牽繫著你童年記憶的某些片斷，如今，自己恰似當年英姿煥發的爹，而那時教你功夫的人已成皤皤一老，正在落日深處的故鄉獨守老厝。偶爾返家，你也曾在閒話時，聽過類似今天修理廠裡，撩你心弦的言語。這人世，真是辛酸又悲涼。

放回去那隻頑抗不休的蝦，看它緩緩退入石縫，並且微露出前螯，以強者的風範守住新門戶。螳臂擋車，明知不可為而為之的執拗，總透著幾許悲絕壯烈，若說苦短人世，無法和時間這巨大的陰影相抗衡，奮力舉臂的豪情應有，就是這樣！

海海人生，便求這一份將生命還諸天地的無憾……夠了嗎？

學著小魚，你溯溪而上逕尋源頭，天色漸漸暗了，那源頭你去過，所以不必理會迷不迷途的問題，你只是想去看看源頭處垂簾而下的幾道小瀑布，和你曾垂釣過，那如井般的一汪深潭。

野薑花的雪白瓣翅，微風中搧動沁人心肺的清香，愈來愈狹窄的溪路，水流愈急，看不到什麼魚了。這段水路對魚來說是險升坡，除非夏季雨水足時，才能漫出一條能夠逆游的歸途，讓其回潭產卵。現在是冬天，沒得說，要想溯源，且待來年春暖。

人，人的行動，種種限制又何嘗少了？

天安門鑫聚的學子，台灣街頭的流血衝突，你突然想起這兩種群體活動裡，所散發出來的慘烈氣韻！一定有什麼在驅使著「生命」去超越重重障礙。以人而言，上古時候與天爭、與獸爭，慢慢的與神權、君王爭，到如今民主和極權的對峙，爭什麼？生之無怨，死能無憾而已。因而，英雄豪傑迭起草莽，在人類征戰史上各領風騷，留下是非功過的各種不朽。

不免連帶著要想起，烽火鐵騎下，長空雁唳遍野哀鴻的景象，一將若功成，萬骨俱成灰，無定河邊，鬼聲啾啾，深閨夢裡，脂粉淚垂……究竟，究竟要用什麼代價來償付，才能讓人無憾無恨啊！天！

望向前途，你眼光極處，一片暮色灰灰濛濛。

野樹和山石，青黑色調透著原始的荒莽，給人一種獰惡的壓力，你停下來，猶豫了。然後你聽到枝葉擦身的簌簌聲響，還有隱約的咻咻鼻息，自前方蘆芒深處逼來，頸背一陣麻冷之後，你很快就鎮定下來，因為你聽到另一個最不具敵意的咳嗽聲，屬於投石問路的那種「嗯哼」。

一個老人，老而康健的山農，略彎的身軀上還挑擔著兩捆芒草，正緩緩溜下斜坡。和他不是很熟，見過幾次面而已，他老伴偶爾拿著自家種的瓜果，到宿舍兜售時，他也跟在旁邊，你好喜歡他們臉上的微笑，他們的屋子也是依斜坡搭建，比宿舍高些，豢養好些雞鴨鵝羊，哩哩喔喔的每天叫人早起。

溪中相遇，三兩句問候，散步啦，吃飽沒等等，你執意幫他挑起芒草，要渡過此段崎嶇水路，芒草看來不重，開步走時才知道不容易，老人追在後頭直叫慢慢慢時已遲了，你身手矯捷，一跤只摔散了兩頭草束，臉紅耳赤的愣在那兒聽老人家一疊聲的「沒要緊」。

等到一切恢復原狀，你再不敢逞強，默不作聲的走在老人身後。

你這才發覺，人家的步伐踩得有多穩，甚至可以藉著芒草擺晃的勢子，輕易跨過石頭而不費力氣，一雙厚繭的腳掌，彷彿深悉大地的肌膚紋理，每一次落足，總是溫柔的恰到好處，你想到剛剛的情況——倚仗著年輕蠻勇，衝撞突圍，是不是需要摔過跤了，才肯才能靜下心來，細細領會前人蹬痕昭示的訊息？以之譬喻人間世道，那麼，每個老人都該有一本書，用經驗的文字紀錄走過的悲歡，封面則是記憶彩繪的風景，書名：「人生」。

當你翻閱這本書時，發現一個平凡的老人，在他最後一頁，端端正正寫下「海海」兩字，再加個寬容圓滿的句點，除了舒眉吁口長氣，你還待苛求什麼？

路到分岔，老人指著他那小庭小園裡熒熒一盞燈火說：「少年仔，做夥來哈一杯茶，再走。」

你婉拒了，斜陽晚照，且讓他夫婦兩老共同廝守每一吋歲月的餘溫。

聳聳肩，朝著自家宿舍走去，那兒，有酒有菸有笑聲，還有一群塵霜滿面的人世夥伴。

天神之子

冀南豫北交界處，太形王屋兩山巍峨聳峙，穿入雲霄。

愚公站在自家茅草屋前，柱杖撫鬚，望著這兩座大山，一個從孩童起一直蘊釀到如今九十歲的念頭，終於成熟：移走它，移走它！每回到冀州，到漢水，都得攀崖跳澗，大費周章。移走它！

隔天，他一聲令下，兒孫荷鋤挑擔齊來候命，一家人果真傻呼呼的開始伐木撿石，搬起山來。

河曲智叟笑他們不自量力，愚公慷慨激昂的說出了一句可怕的千古名言：「子生孫，孫生子，子又孫，孫又子。」從此註定他後輩子孫一生體力消磨的勞工命運！

故事結尾是天帝捨不得好好兩座山真給挖塌了，派出天神夸蛾氏的兩個兒子，趁著夜半無人，偷偷的把兩座大山搬至朔東和雍州。

1 大俠張

這是《列子》裡的寓言，恆心和毅力正是它想表達的主題。然而，此則寓言的情節安排，其實不合邏輯！愚公移山，移山的卻不是愚公，也不是他那倒楣的子子孫孫，而是天神夸蛾氏的兒子。愚公原本打算一擔土石巴巴挑到渤海倒掉，再折回原地挑第二擔，這一去一返，需時一年！如果放棄神話，恐怕愚公的玄玄孫輩挖到現在，還在那兒挖著哩！

所以說，光憑恆心和毅力，想要完成這麼大型的土方工程，幾乎不可能，但……如果加上我們，我們這些身懷崩土裂石手段的高手來相助，情況便大不相同。誇張點的說法是：「我們乃大力天神夸蛾氏之子之姪，偶謫凡塵，神性雖失氣力猶在，若論移山倒海，等閒事爾。」

我少吹牛！乾脆表明身分好了。我們就是現代工程的第一線尖兵，重機械操作員。舉凡公路、水庫、機場等等重大工程都少不了我們，姻緣湊巧，如今全聚在南台灣牡丹水庫參與施工，隨便問一問，原來個個經驗豐富，不管荒山莽野，大漠風沙，都曾捨生忘死的大展身手過。

說起世道人心，果然今不如古，但是以咱們現代工程的技術和裝備，拿來和愚公的畚箕鋤頭比，難脫欺負古人之嫌！可是胖張不同，他老愛嘲笑古人，我跟他辯過已不止一回了。他駕駛一部開山機，俗名推土機。

「說什麼愚公移山，我這一鏟刀下去，樹頭岩盤全翻上來，叫他們來試試，三個月也成不了事。」他常常這麼自誇力氣。

我頂他嘴：「萬里長城、金字塔，沒你的推土機，還不是完成了，那工程也不小呀！」

「你有沒看過歷史？萬里長城前前後後總共幹了多少年？不知道嗎？那些各朝各代的皇帝諸侯，詔命人丁修築長城，一次就是上百萬人一起做工，讓他們砌一年磚頭吧，也不夠我一個月就推平，他娘的！」

「吥，風度，風度！你幹嘛去推平萬里長城？那是中國的驕傲！」

「驕傲？說恥辱還差不多，築城以拒胡騎入主中原，攤開來講，也就是少數掌權者為了鞏固既得利益，怕他皇帝的龍椅坐不穩，才不管多少善良百姓被迫遷徙流離；多少血肉枯骨埋入牆基下……沒那個本事，就別搞什麼大工程嘛，苦了誰？」

他倒頗有民重君輕的孟子思想，然則這個抱不平，替古人打得面紅耳赤，未免過分！再說，世代不同，工程方面的器械使用當然不同，古時候以人力獸力完成的大工程，總不能因為他胖張開了部推土機，就全盤否定它的價值。不過，這些論調沒法說服他，他對中國歷史認識之深，涉獵之廣，沒人比得上。而一部中國史，豈不是一部朝代興與亡，生民盡塗炭的血淚史！

因此，有陣子他迷上了街頭抗爭那種熱烈氣氛，也就不奇怪，他肥肥壯壯的身材，擠在遊行示威的隊伍裡，跟著吼叫民來做主，恰能舒洩他胸中愛民情結的積鬱，滿足他為民甘冒鋒鏑的豪俠本性。直到有一次，他在亂軍之中，遭到自家人打得頭破血流後才清醒過來，悄悄退出那個火辣辣的舞台。

據他說，他推土機的操作技巧，就是從那時候起開始進步到如今爐火純青的境界！開山取土，胖張的推土機算先鋒部隊，看著他相好山勢，一路鏟石倒樹，之字形的將機械開上山頂，再一層層整理出平台，推土下山。山坡的斜度，車身的傾斜角，總讓底下人看得直冒冷汗，他卻怡然不懼，鏟刀、耙齒、履帶的動作，他控制得如臂使指靈巧無比。如果說油門和操作桿稱得上技藝的話，他毫無疑問是大師級人物。

闢路上山需要勇氣，整地時就得靠特別敏銳的感覺，不管車身如何起伏高低，那把鏟刀升升降降一定保持水平，前進推刮，後退抹鋪，如此巨大笨重的機械，只要胖張爬上去，簡直可以在地上推出一面鏡子來。

胖張有好幾個綽號，因個性剛烈，隨時可能和人刀兵相見，被叫做張大俠，上過幾次險坡後搏得大膽張的讚語，倒是想在工地裡找到他，最好問一聲推土張，各路英雄好漢全知道，他們會指著最高的山頭，酸酸的說：「在那兒推土呢！晚幾天來他就爬上天啦！」

2 怪手猴

工地裡十數個操作員能以他所操作的機械名稱和姓氏相提並論，只兩個。胖張當然是，另一個就沒胖張那般威風。精瘦伶俐的小號身材，配上一張不笑時看起來也像笑的猴兒臉，偏又恰好姓侯，喜歡他的人見了他，都會笑著喊侯怪手，親膩點的就乾脆叫他怪手猴。

武俠小說裡，以刀成名者封刀王，以劍稱尊的號劍神，按照情節發展，雙雄很難並立江湖，遲早要發生一場轟動武林的盟主之戰！誰要這麼想，那就錯了！胖張和阿猴是哥倆好一對寶，非但不曾同行相妒，簡直蜜裡調油。

原因之一該是他倆的脾性恰好剛柔並濟，再來則是工作上他們井水不犯河水，少了許多瓜葛。公司承標牡丹水庫的壩體工程，胖張獨個兒在山上取土，我和阿猴都屬大壩施工組。水壩粗分為兩種，以鋼骨水泥做為結構主體的叫重力壩，通常還兼發電用；傳統方式以土石築堤蓄水就是土壩，成本較低。汝乃溪和牡丹溪會合成為四重溪，我們就在交會點選擇最狹隘處填土圍堵。這種土壩施工方式，簡單的說，就是搬一座山來，擺橫了放在河道上，雖是經過縝密考量過的，卻仍帶出幾分愚公移山的味道。

卡車日夜載來土石，倒入溪谷中，慢慢疊成山的模樣，阿猴的怪手負責整修邊坡，再鋪排上大石頭，以防止水流沖蝕壩體。

怪手本名應叫挖溝機，兩個可屈伸的鐵臂關節，配個裝料斗，再加上可以三百六十度迴轉的車身，就能做出許多高難度的動作——但也得看是哪個人操縱的！譬如排石頭，阿猴一眼就可判斷哪顆石頭，翻成哪一面，擺進哪個空隙裡恰好能夠卡緊疊平，怪手伸過來三撥兩轉一撈過來，那顆近噸重的石頭馬上乖乖就定位，再轉個身又撥起另一顆來！看他阿猴行雲流水般毫無窒礙的動作，那美、那優雅，才讓我恍然明白所謂手揮五弦，目送飛鴻，原來是專指此等境界用的。

坦白說，怪手的操作桿每一支我都認識，試著排過一次石頭，就那次我終於發現原來有這麼不聽話的石頭！讓阿猴在一旁抱胸捧腹笑得打跌！

阿猴說：「陳兄，你還是去寫你的文章，搬石頭這等粗笨的工作，我來就行。」

我訕訕然把駕駛座還給他，問他：「你是怎麼練的？」

他笑著回答：「鐵杵怎樣才能變繡花針？時間慢慢磨的吧！」

我知道他說客氣話。同工地的怪手操作員好幾個，他能出類拔萃，除了天賦猴性敏捷，應該還得加上恆心毅力，而一路歷練過程的辛苦，他笑笑，不說。再問，他開口了：「真的沒什麼，入了這行業，靠它吃飯，總要弄懂它，領人薪水時才不會臉紅。」

又客氣了，他就是這麼個人，勤快，責任心重，很難聽到他有什麼牢騷。工程線上真正的無名英雄，他當之無愧！平常下班，在全是大男人的工地宿舍裡，麻將桌不沾，喝酒划拳沒份，夥伴們會笑嘻嘻的開他玩笑：「怪手猴，像你這麼標準的丈夫，世間少有，你最有資格多找幾個老婆了。」

他和胖張算是釣友，兩人時常相約下竿地點，下了班，一晃就不見人影。你這麼說他，他會拍拍身上的釣魚帆布袋說：「有啦，光養這個小的，花錢像流水哪！」

週末返鄉前，他倆的寢室熱鬧得像魚市場，海魚、溪魚，全從冰箱裡清出來擺著，誰想抓幾隻回去叫老婆加菜，敲敲門就有。

3 牧羊人

愚公移走太形王屋的動機，只為了這兩座山擋住他走路，未免有些小題大作！而我們把一座山移來阻擋溪流奔向大海，有個冠冕堂皇的理由：水資源開發。

島國的河川一向又急又短，山區的雨水、澗泉，難做有效應用，更別奢談什麼野渡無人舟自橫這等從容詩意了，唯一的辦法大概就是做個水庫。

較特殊的是牡丹水庫選擇以土方建壩，許多地方遵古法設計，所使用的重型機械卻是最現代化的。我被借調至大壩參與工作，觸景生情，難免腦子裡全是些撫今懷古的況味。

當我發現壩體和兩岸山壁接縫處，為了加強附著力，回填的材料竟是用糯米漿來攪拌黏土時，不禁大感訝異，這可是古代築城的材料，甚至我家老厝的竹籬牆壁，也曾這麼厚厚塗上一層糯米黏土。那時只覺得滿心歡喜，好像因為這點相似之處，證明了我們老祖宗的智慧，原來非同小可，值得敬佩！

多少受了胖張的影響，某些時候我會感嘆，古人智慧雖高，究竟身小力薄，和如今龐然巨大的機械沒得比。就說我駕駛的這部羊腳滾壓機好了，它四個鐵輪子總共排列三百支羊蹄鐵，近三十噸的車身重量平均分配於輪上，在攤平的土方層來回走動，我總恍然想像成我正驅趕著一大群羊，要把鬆土踏個結實。這成千上萬的羊兒不頑皮，不停下來吃草喝水，全在我靈巧輕盈的手勢下，把一層層土方密度，踏到合乎檢驗的標準。

我自封牧羊人，夥伴們不懂浪漫和風雅，偏要叫我放羊的孩子。大壩施工的程序固定，每部機械各有職司，環環相扣。偶爾我偷閒在車上看古書，忘了前頭已鋪好鬆土等我滾壓，現場的夥伴就會朝我丟小石頭大喊：狼來了！我一聽他們叫喊，一定趕著羊兒快跑，不騙人。

大壩上還有種機械叫震動壓路機值得一提，兩個大圓筒滾輪內裝有油壓馬達帶動偏心軸，整個圓筒滾輪遂成跳動狀態，力量之大不可思議！它一動，整座壩體也跟著顫抖，那滾輪壓過的地方，比杭州姑娘的馬車走的那條大阪城石路，還硬還平！我見過古人搭橋修路的電影鏡頭，蟻般的人群抬著圓木樁，一上一下的夯實地面，汗珠蜿蜒滴流在一張張拙滯臉孔上，若……唉！若能就這麼把壓路機幫他們走一趟，一趟就好！定能讓他們少流很多很多的汗，少捱一段長長的艱難辛苦。

真是替古人擔憂了。

這樣莫名其妙的心情，我可不敢洩露半分，怕挨罵！十幾個人，十幾部重型機械，在南台灣特別燒燙的陽光下揮汗造就一座粼粼波光的湖泊，這些人，臉上雖有愚公面對高山時的堅毅昂烈，卻因為單身流浪在外，和家人總隔著一段思念的距離，黏纏於眉眸間的飄泊風霜，拂都拂不去了，夥伴們絕對不同意我身在工地，竟然會去「心懷古人」，而不是……想家！

閒聊時，最常聽到這樣的開場白：「陳仔，你啥米時拵休假？」

「禮拜五吧！不過打算恆春半島的東海岸走一趟，不回家。」我這麼回答。尋山問水，把他鄉風景一寸寸收藏入記憶深處，老來圍爐烤火時，再掏出來向兒孫細說當年浪跡天涯的風情，豈不快哉！

他們以非常奇怪的眼光瞪著我，只差點沒開口問出是不是跟老婆吵架了。

在他們觀念裡，出外打拚，領份薪水，休假時拿回去逗開妻兒的笑臉，享受一兩日天倫至樂，這是正經八百的事，就算要遊山玩水，也該全家出動，帶著情枷愛鎖，叮叮噹噹的一串人互牽互扯，才叫甜蜜！哪有結過婚的人，還做獨行俠？

也許，只為拓荒性質的職業牽絆，無奈成了陸地船員的身世，把侍奉雙親、撫育兒女的重擔，擺上妻子削柔的肩膀，縱使白日裡粗獷驃悍的面對工程艱苦，他鄉孤衾的夜晚，想來定有一顆深情不忍的心，不知如何安放！

因而我在他們眼中，可謂異端，和幾個酒味粉味後還吆喝著要搓幾圈的浪蕩子一樣，都不負責任。

4 獨行

山區斜陽日暮，彩雲滿天，收工了。

一日來如火如雷的趕工，只剩下餘暉般暖暖酥酥的疲憊，我站在壩頂上，望著一部部熄火休息的機械，等待夜霧輕輕遮掩綿延迤邐的山稜，唯有此刻，風聲、鳥聲、松濤竹韻、澗水激石的各類聲息，才能盈盈入耳。

水壩按照進度推展，這座移來溪中的山，已略具雛型，三年後，當水庫以一泓明鏡攬照白雲青山時，我，和這夥天神之子，將又在另個荒莽異鄉，轟轟隆隆地開始下一階段的飄泊歲月。

當然，他們愛釣魚的釣魚，特別想家的自去魂夢飛天涯，我仍將只帶稿紙和筆，在山水之間，一騎獨行。

一笑人間萬事

1 我佛拈花

那一日，牙疼得厲害，苦著臉，鼓著腮，找家相熟的牙醫診所踅了進去。

西藥房拿過幾次消炎鎮痛的膏藥丸散，只解得一時倒懸之苦，青草涼茶，壓不住火氣，卻喝得肚子寒颼颼的好不難過。那牙根抽搐的疼、牙齦腫脹的痛，還是教人神思不屬，黯然銷魂。連每晚臨睡前，趺坐澄心誦經的自我催眠術，也失了效，人到絕處急處，就是刀山火海，也闖了。

待得坐定，這才發覺氣氛不對。以往的經驗是耳邊牙鑽營營聲裡，夾雜許多母親安慰孩子的話語，入眼則是一張羔羊臉孔，楚楚可憐的強捺住心驚和肉跳。這景象常唬得長椅上排排坐的觀刑者閉口噤聲，很自然的呈現出「秋決」的肅殺韻味。

人少，是原因之一，牙醫椅上一個，候診室裡兩個，讓我感覺氣氛迥異卻是她們身上的布衣芒鞋，和三顆剃得隱泛青光的「螓首」。第一個念頭升上來，竟然就是……和尚尼姑原來也會患牙疼！

大乘佛經裡記載，只一個智慧無礙、辯才無滯的維摩詰，曾經生過病。除此之外，毗耶離城內眾菩薩弟子，沒聽說過還有誰受這臭皮囊折騰的，我是一向這麼認定。

診療椅旁，蒙面醫師的動作輕柔而慈悲。這傢伙，汽車洋房一應俱全，正是典型的「把快樂建築在別人的痛苦」上的暴徒本色，我常如此揶揄他。難得看他一副心生大懺悔的模樣，想來是因為面對佛家弟子，自覺罪孽深重所致。

她們都是初履淨土的灰衣僧，格外有種人間兒女的清喜，以俗世歲月作計算吧，該是荳蔻年華。這樣的年紀披上僧衣，就像墨香未褪的佛經摹本，或者，更像神龕上新供的瓜果、猶帶夏雨炎陽的豔色。心裡便要問：是如何一個孤冷決裂的手勢，讓她們揮得起菩提慧劍，就這麼斷然斬卻人世姻緣的千絲萬縷？

生命河岸，縱或荒煙蔓草，總要親身涉足了，才解泥濘；她們才多大歲數？寸心悲喜究竟如何量盡千丈紅塵？竟能這般割捨了丈夫兒女的濁世行囊！還是，唉！是前生般若船上客，不小心迷了津渡，入了輪迴，再巧藏了孟婆湯。踏著今世，便懂回頭追索本來面目。

我是有些羨慕了！身旁兩尼垂睫垂眸低誦經文，始終不理會我的心情，倒是才自椅上起身的病維摩詰，迎著我投石問水的眼光，合掌淡淡一笑，清眉朗目，波紋未起。剛剛尖利器具鑽磨的一切苦厄，彷彿才領受過，便放手了。

醫師叫我名字時，回首望向玻璃門外，那三個灰衣僧，併行如舟，正向著人海深處，一聲欸乃！無波也無浪。

2 大道無名

有個同事，和我過從甚密。

這群以宿舍為家，伴隨工程進度一起跋山涉水的浪子，烈日曬黑了人臉，雨露風霜也讓人平添不少野氣。偏是他不受影響，依舊白淨削瘦。有時候會半開玩笑的勸他：「莫要吃菜了，吃點肉吧！你太苗條啦！」

宿舍的大鍋菜，他從來不吃。自備碗筷鍋鏟，炒一盤素菜，端來和我同桌，也不嫌我餐盤裡魚鮮肉香。倒是我看著他一碗白飯青菜，吃起來不帶一絲人間煙火，有些自慚形穢，老趕著他到別桌去坐。

除了吃飯這回事，其他方面，就輪到他向我虛心求教了。乒乓球、下棋、剛柔流空手道，他是樣樣要學，我則是患在好為人師。交情，便是這樣疊起來厚厚一層。

他養蘭技術一流，同事在山裡頭摘回來身世不詳的蘭花，他能一一定名歸籍，並且像個大家長般負起妥善照顧的責任。花開了，就吊入大寢室內，讓這群漢子沾染一些高人雅士的氣韻。

連草木都有情，就不必說守在餐廳的那隻野狗了。那隻野狗頗具靈性，白天不見蹤跡，到了晚飯時間，一定出現在餐廳門口附近。看到門開處，則摒息注目，夾著尾巴退後幾步，有些同事會喝一聲嚇唬牠，也有人不懷好意的拿雞翅膀誘牠，靠得近了，牠總是一溜煙鑽入草叢裡。

大概是等著餐廳的歐巴桑給牠殘羹剩菜吧！每個人都幾乎這麼認定。直到那一天，我親眼目睹了這一幕：我那修道的同事，才推開門，這狗兒馬上神態大變，搖尾繞膝縱跳，直如「他鄉遇故知」的驚喜模樣，修道者低頭順了順牠頸上皮毛，低低說了幾句話，那野狗還有些依依不捨，跟了幾步，修道者揮揮手說聲：「走開。」不顧而去。

吃齋修道的人，有一副慈悲心腸，彷彿已是天經地義的事。這一場負心男子絕情斷義的情節，讓我心裡留下老大一個疙瘩。一人一狗顯然交情匪淺，這緣分是如何牽扯來？游魚出聽，老虎聞法，原是佛門普渡眾生的例證，莫非這畜生也懂得慕道來訪？若果如此，咱這修道者，又何忍拒之於千里之外？

當我有機會向他追根究柢時，他一概報我一個玄之又玄的微笑，逼急了，他才開口：「你吃不吃香肉？」

「不吃！」我是答得斬釘截鐵，就是吃也絕對不能承認。

「但宿舍裡別人吃！我只是叫那狗兒離人遠些罷了。牠的食物一向由我供給，至於牠的窩在哪兒，恕不奉告。」他的笑意更深更深。

老子道德經上說，大道無形，生育天地。大道無情，日月運轉。大道無名，長養萬物——長養萬物，我懂了。

3 前賢古聖

特別撥出時間，去逛了一趟書局。

做一個上班的族類，日出簽到，日落打卡，中間捱一段霓虹燈影流亂迷離的大塞車，回到窩裡，晚餐和明天繼續收看的連續肥皂劇之後，妻子或是情人，鋪床疊被時，偷偷灑幾滴香噴噴的巴黎誘惑，正期待著和你一起紓解生活壓力。

東籬採菊，悠然南山，陶淵明式的閒情，在大都會的喧嘩裡，是個奢侈的神話。

如此這般，當我置身於冷氣調溫的室內，並且站在齊整滑亮的一座座書架前面，唇角漾起一朵美夢成真的微笑，便是最自然不過的事了。

那樣的好心情，先別忙著看書，且試著為儒道式微的沉痾把脈。倒要看看除了學生這必然的讀者群外，還有誰人肯學騷人墨客，任憑思想吟哦在這文化小殿堂裡。

有了，角落處一對年輕的情侶，最是搶眼，蜜裡調油的愛情甜香味，隔老遠就能聞得出來。這個時代，這碼子事倒也不必太忌諱，同看一本書正可耳鬢廝磨。手勢和眼神，互相傳遞古典風雅的訊息，才子佳人的拍拖方式！

再來是鏡框滑在鼻尖，老眼花花的阿伯。捧了一「本」精緻的「下午茶」，專注品嘗文字醇香，不捨放手。這作者是個新鮮入世的女孩。以濃洌華麗的筆，彩繪許多心事的音符，老者搖頭晃腦一一領受。文學瀚海上，一老一少，對坐扣舷放歌——一曲高山流水。

兒童圖書處，特地鋪了地毯，有耐心的母親，好整以暇的坐下來，一方面為孩子找尋啟蒙靈智的鎖鑰，一方面輕聲壓制身旁小孩童，那脫口衝出的驚嘆號。

若說文章不值錢，倒是未必，每本書都標了價。問題是看的人不少，買的人不多，這才是文化病源所在，許多作家全改行作生意去了。

幸好，還有更多的飽學之士相信三不朽，肯讓腹笥出來說話，並且對探索的心靈，揭示他們典藏的奧祕。看那壁上架裡挨著擠著的線裝書吧，都是先賢古聖，百世滄桑，千年輝煌，一頁頁說不盡歲月蒼黃。

新版的暢銷書，則無須如此沉肅凝重。斜倚著，橫躺著。後現代的男男女女。珠環耳墜，粉紅駭綠，包裹一身冶豔風情。純摯透明的學子呵，如何抗拒這般動人的搔首弄姿？

園藝、球技、棋局等等，行行狀元郎，分門別類侍候一旁，要為各路英雄好漢，開山立寨時運幄籌謀，是智囊軍師之流；橫行蟹字的原文版，放置最高層；專攻船堅砲利的科學技術，很有殖民主義的咄咄逼人。純文學叢書內抽一本詩　，凝鍊的詩句雷掣雷轟，捶上心頭；小說讀本裡，癡男怨女還在搬演悲歡劇情；散文集子翻開來，足跡痕印，分明踏遍古道今塵。

被歸入打折優待的廉價新書，最讓人心酸。擺在廊下出口處，任由馬蹄塵車後煙沾污風裳水珮，未經繁華，便成眼前夕陽秋草斷垣殘壁景象。

曾經去過舊書攤，脫頁散佚的章回中，眉批圈點，手澤汗漬微溫，但覺皤皤遺老，晚景縱或淒涼，還有記憶收集的柴薪，可供取火烘暖。和廉價新書相比，冷宮棄妃，溷零紅顏的心事，盡是淚痕。

挑了一本散文，仔細剝拭封面塵衣，去櫃台為它贖身。

櫃台小姐通情達理，對我堅持「不肯打折」的付帳方式，倒也能夠接受。並且特地看了看書名，看了看我，眼底眉間，多添了一份狐疑。

一介狂生的孤意和深情，這小女子未必能懂。走入白花花的陽光中，那唇角一朵冷冷的笑，漸漸消融！

廟埕夜戲圖

圓

夕陽總在黃昏時醉酒，翻過大廟的飛簷重脊之後，紅著臉，筆直摔落廟後那片濃密的竹林深處。新月及時從東邊的香蕉園裡爬了出來，還帶著喘息未定的幾分蒼白。日夜交接的儀式，就像廟埕上漸湧的暮色，一向顯得曖昧不清。可是今晚不同，好幾盞水銀燈在廟埕上亮起，趕走月光，撕裂夜幕，一條草繩首尾相連，牽成一個，圓。

窩在廟口下棋解悶的庄內阿伯叔公，被小孩子喊回去吃晚餐時，就有些心不在焉。那個亮燦燦的圓心老在眼前懸著，還有，在圓心處開始畫眼睛描眉毛的——查某鬼仔。

擴音器當然明白這些老人們，耳朵不是很靈光，天色才全黑下來，就很過分的、大聲的嚷了開來：「準時七點半，塊咱庄腳大廟埕豔舞大公演，祖傳祕方大公開……。」

蛇般扭動出魅惑青春

誰最了解老人？

誰知道一世莊稼之後，除了兒孫聒噪和媳婦冷冷的眼，這些老人還需要什麼？

至少「一元堂」的董事長是知道的。兩三個妖嬌少女輪番唱了台語和日語的流行歌曲，也輪流遞減她們柔軟的絲質衣物以確定絕無冷場。這個兩撇小鬍子的年輕老闆露了面，還順手在鐵籠裡盤出來一條大錦蛇。

從青竹蛇被觀音菩薩收服開始，說到他和百步蛇在崖壁上的一場生死決鬥；從蛇交尾時的持久曠日引申到培元固本強精補腎。除了他一元堂祖傳煉製的蛇丹，再找不到第二個貴人，能夠幫助現場的諸位叔伯，追索回來熱辣辣的，第二次春天。

少女逐漸裸裎的胸腿，或許只能留住老人們的眼光，而第二春，這教時光倒轉的誘惑，才真讓人動心。更何況這個少年講話實在，毒蛇嚙腕牙痕宛然，吃了他自煉的蛇丹，果真沒事人一般。中藥嘛，能配出什麼神祕效應，都大有可能！

老人們三佰、五佰往外掏錢，一元堂的姑娘們嬌嗲的在場中飛舞著，收進鈔票，賣出去一瓶一罐的信心和夢想。待會兒，這些女郎將會褪下身上最後一件薄紗，並且像蛇一般的扭動著魅惑的青春，以堅挺的胸膛向這些老人熱烈保證，錢，花得絕對不冤。

冤不冤枉？偶爾老人們回頭身後大廟，匆匆溜一眼氤氳霧影中，神明垂眉垂眸的臉，擲筊問卜的念頭只是一閃即過，這般竊奪天機的妄念呵！可不敢在神前自說自剖。

冤不冤枉？一元堂的年輕老闆最了解，你看他詛天咒地的：「若有半句白賊話，出門五雷蓋頂，你們大家平安大賺錢。」

廟庭階梯下，石獅子冷冷靜靜的，在聽完「整句整句」的牙疼咒後，齜牙咧嘴的笑開了。

霧迷津渡時　一石問水

時間，是條滾滾長流水，浪浪接續，一去不回頭。古來將相公侯何在？北邙山上獨留墓草向黃昏。榮華富貴，天上浮雲，何時聚來何時散？命底都註定無須強求。妻賢子孝是前世積德，今生來報。惡妻孽子免怨嘆，有因有果，受盡了便休……。

這一串吐字典雅，語語破迷轉悟的警世真言，是場中這位穿著藍色唐裝的老者說的。老人們當然來了，婦道人家知道今晚不跳脫衣舞，帶著小孩也全來了。

在廟埕上擺場子的這老者大不同一般江湖郎中，有學問！庄尾阿祥伯拿了上禮拜買的蛇丹請他鑑定，他聞了聞，再剁一塊嘗了嘗，閉眼就唸出：「枸杞茯苓半枝蓮，熟地川七何首烏。」等等藥物名稱，並略述甘涼燥辛諸般屬性，而最後一句說得老人們淚汪汪的直點頭：「山中若有不死藥，世上誰是無命客？」霧迷津渡，一石問水。塞伊娘的低罵聲，漣漪般在老人之間盪漾了一陣子。

這個老者是風塵異人，早就看破名枷利鎖。他是來渡化世人來作功德的。七星桃木劍、五龍令旗、黃綾紙、硃砂筆，在草草鋪設的祭壇上奔忙飛舞，調神兵遣神將，舌綻朵朵白蓮，把休咎的天書微微開啟示，欲知吉凶者，請到後台個別啟示玄機。

還有人不相信？好！請看茅山神術鳳陽符。紙人捧起了碗，蛋在籮筐裡變成大公雞，那八卦遊仙步來去兩趟，銅錢遮眼黑巾蒙面，還能把藏在衣角落的小酒杯，涓滴不漏的倒滿了酒，又不漏涓滴的倒回酒瓶，能者，果然能人之不能。

老人們不再過問往後無多的歲月，小孩子則專注的看那接場的精壯漢子，耍開來繽紛好看的單刀齊眉十八羅漢拳。去後台的是村裡姨媽嬸婆，把家家那本難唸的經，請這白頭智者解析，或者，為兒女問一條坦蕩蕩的命運路途。而夫妻間情事頗難啟齒，智者微笑了然，大方的再奉送一紙和合符。

從此世事盡如人意，而這老者果然堅決不收鈔票。至於放在紅包袋裡的，是婦道人家真摯誠心的謝意，雖然面有難色，卻是不忍拂逆的，收了。

眾神矜持著端坐無語

廟口大榕樹上築巢的痲雀最倒楣了。一個月吧，總有五六次，被鬧得闔不得眼。比白天還亮，也比稻草人身上的銅鑵招風時還吵。

廟門八字開，門上哼哈二將軍看膩了、聽煩了江湖術士的眾生相，倚到門後自在涼快去了。正中主神「王爺公」則避無可避的入眼入耳：賣蛇膽蛇酒的來過好幾批，練拳接骨賣膏藥丸散的也常露面，這些都沒什麼，那茅山道人賣出的一大疊平安符，影響最大，金箔香火供奉那陣子少了好多，哎！愚夫愚婦。

以人心測神意，當然作不得準。可是，這次是真的不一樣，廟埕上熱鬧滾滾為的是神廟三年一祀的慶典。而且兩團歌仔戲加上一部電子花車，從正午開始，緊密的鑼鼓點子和卡拉OK伴唱的歌舞，全是獻給「王爺公」的。

也是一種祈福避厄，只是使用的方式「懶」了些，過火刀梯和乩童浴血渾身的場面，村子裡少見了。村長說得好無奈：「少年郎攏總出外賺錢，誰人返來逗鬧熱，剩下一些老的，抬不動大轎啦！」

對天地神明的敬畏，便只好如此這般的讓歌仔戲和花車女郎，去盡心盡力了。廟埕上善男信女引頸翹望一臉沉醉，這邊孟姜女淒慘的，對著紙紮的城牆高唱「心酸酸」，窄窄花車上唱著「閃無路」的女郎，是身材最棒、衣服最少的那個，剛出場時她自我介紹過，只是沒人記住她名字。

廟裡眾神矜持著，端坐無語，這樣的安排該滿意的，老少咸樂，宜古宜今哪！

若有脫衣舞在墓場出殯時上演，也就難怪限制級的鏡頭，會在臨終了時出現。當小孩子被以「明天要上學」的理由趕離現場，而小囝仔被擴音器吵得躲在母親懷中睡沉了的時候，所有眩亮的燈光慢慢幽微下來。

霓虹旋轉出細碎光點，電子花車和歌仔戲的舞台上，各自舞出一個女郎，以最原始的姿態，最清白的軀體，在眾目睽睽之下，向天地神明，致上赤裸裸的敬意。

沒有音樂震耳，沒有人聲喧嘩，最後一刻的，肅穆凝靜。

雞鳴犬吠如故

其實，廟口的大榕樹最愛清風明月。

它年輕時，這裡是一片沼澤雜林，從第一對墾荒的夫婦，在它遮蔽的蔭涼裡相互為對方拭汗開始，茅草土厝和歲月磨蹭的腳步一般樸拙而緩慢的綿延成如今小小的村落，戰亂流離的時代迭經更替，小村子容顏不改，雞鳴犬吠如故。

那時候，月是明月，風是清風。是古榕的最愛。

守廟老人在夜深的時候，拿了把大掃帚，默默的走入淒迷的月光下，掃著落花般萎落廟埕上的紙皮果屑，急管繁絃幕落匆匆，笙歌散後，音塵絕，人聲咽。
「明天，該可以泡壺好茶，再下幾盤好棋了。」守廟老人心裡想。
古榕在夜霧裡，悄悄收集露滴。廟宇斜簷問天，而一彎殘月，正如鉤。

彷彿有一疊心事

困

為了一道是非題，我把自己困在這山坳裡的涼亭石椅上，已經很久了。

羊齒蕨類爬滿左面山壁，隔斷遠遠迂迴過來的車聲人影，等到人車一出現，只來得及看到背影正消失在右邊，那棟突出危崖的大榕樹底，一種乍相逢即別離的驚豔。從右手邊過來的好些，相迎的眉眸行漸分明。姓氏面目盤查清楚之後，即可護佑他一路平安。

這有點無聊吧？我是說，我原本是來思考一個問題的，和身後小土地廟裡這個福德正神，怎麼去尋覓選取保護對象，有甚干係？

用一包紙菸，把整個下午燃燒成一團迷霧，舌乾唇燥的口，吐不出一個答案，難免有一些些生氣，一些些悲傷。

對了，就是這種悒悒悶悶的心情——它總來得不是時候。

用酒引燃我面容上的冰雪

我必須趕快決定，對，或者是，錯。

聚餐宴，一群工地同事卸下白日征塵，好酒好菜，熠熠沸沸的擺著整桌太平盛世。溫幾瓶琥珀色的陳紹，浸漬杯底話梅，最是醇甘爽口；台灣白蘭地算是難得的奢侈，值得用掌聲和口哨聲為它歡呼。快樂，是臉頰蓋不住的酒紅，火烈烈的燒。

而我寡著臉，不知哪裡生出來地老天荒的憂傷，繁華自他繁華，熙攘自他熙攘，嫌那風雲聚散終成空，揀盡寒枝不肯棲，我是寂寞沙洲，冷！

荒煙敗落，古木斷橋。一杯杯推拒夥伴相敬的熱情，堅持雙眸清澄如水，一室喧嘩紅塵，竟看成這幕零落景致。

我是有問題了，我想。獨對空山雲嵐水氣，谷深澗長，看那往來行車四輪奔忙，誰管我眉鎖。解是不解！泥雕的土地公公，逕自木木的瞪視案上煙騰霧漫，白受我三炷清香，也不曾理我睬我。

夥伴雖說慣了我淡漠深情的樣子，可也有時候想撩撥我，企圖用酒引燃我面容上的冰雪。我欣賞酒到杯乾的豪氣，和那潑辣辣迸濺的俗世生命，可是，我就是揉不進這片沸騰，喝了酒也沒用。

不喝酒的我，自然擔負著開車送人的任務，並且把一隻隻醉貓送回宿舍床舖，這樣的工作做過幾回，我重新認識一些柔軟的心，在白天和黑夜之間如何調整面貌。

那一夜雨聲，我還記得，也不曾忘記堅持要我留下的同事淒切的臉。藉著酒意傾瀉一長串歲月滄桑的無可奈何。

無可奈何，用他的語言是「無法度」。世間萬般情事，全扯住了他心比天高。牽纏的語絲，層層成繭，他是宿命之前一隻醉酒的蠶，作一點點徒勞的扭動掙扎，或者嘔吐一些不甘的唾沫。

隔天，我和他一樣，很正常的當個異地飄流的浪子，一樣的讓汗水去換取生存的代價。他宿醉初醒的臉無辜的紓解開來，而我呢，我！聽了他一夜鼾聲如潮，我成了夢海邊緣那隻持螯的蟹，橫抗波湧浪擊。海天低迴浩淼，我已疲倦不堪。

他只用酒汁去沉澱，我卻狂妄的用思想去爭辯，並企圖超越或控制塵世紛沓尋來的情緒，顯然，他的方法有效多了。

把皮相任由貪慾的眼光切割

一盞燈，一圈昏黃，窗外星月晴雨，以不同星月晴雨，以不同的姿態走過，桌上碎瓷古鼎檀香自在焚炙，清煙一縷，無爭無求的直。

喜歡這般孤獨咀嚼文字根莖的清甜，並且無可救藥的喜歡筆耕這塊荒瘠的田畝。我說荒瘠，是指我劃下一塊自己的地，而目前這塊地確實還是遍長莠草。別人的文學的花朵早就嬌豔芬芳。因為，他們經過多年的施肥灌溉，而我起步稍遲。

開始在自己腳下的文學土地上撿拾瓦礫，拔除荊棘。累了，我會直起腰，走向圈點月光的小徑。呼吸山夜的氣息！思念一些尚未擺脫的牽緣，親情或是愛情。這自來自去之間，多少成為夥伴眼中的異端。

道不同罷了，對那如戲似謔的言語，淡然一笑置之。就像置身這山廟裡虛擲時光，倚暖背後石柱，過往行人好奇相看，都視作等閒，可以不予理會。

有些事則無法擺脫。

工地宿舍在半山腰，山下小村落夜燈盞盞可見，某些特殊的日子，村裡那座義民廟前廣場，會因為某些特殊的理由，請來唱歌跳舞的綜藝團。旋轉的霓虹光點，突兀的在暗夜中開出奢華迷亂之花。

粗糙的女嗓，透過擴音器，曖昧的直唱到宿舍每個人耳中，寂寂透明的山居生涯，頓時漬染幾許顏彩。

去看過許多次了，我沒有藉口可以拒絕夥伴們心目中最大的誘惑，獨自一人守住空曠的宿舍。可是，當每個人屏息注視歌舞女郎寸縷無遮的胸腿，而我在那一張張年輕嬌媚的臉上，找不著哀怨時，我總會悄然轉身離去。

嘆這人間世、人間事，層層脂粉浮掩多少真相！回去宿舍的路上，玉蘭花香隱約相隨，駐足細辨，卻又不見蹤跡，像心中無端湧上的悲愁滋味，尋不來確切根由，想要放聲嚎啕的淚，曲折迂迴，竟不知該收往何處。

是我錯了。

雙臂圈擁才成徑尺的圓，如何把滔滔人世盡納胸懷？期期悲憫那誰家女兒，把父母珍愛的皮相，任由貪慾的眼光切割，山窮水盡人到絕處，她們羞辱的在造化擺弄裡屈膝，我痛苦深思的凝視，無如更像刀一些。

而聚宴上，夥伴把所謂形骸的桎梏解鎖，讓酒在腹中發酵，人在酒中羽化蟬蛻，換來無知無覺的長夜大夢自去瓦解心頭塊壘，就算這樣的選擇並不可喜，我能用什麼方式，去向他們甘願承受的宿命，據理力爭？

錯了，錯了。

凝眸處

所以，當一彎早起的月牙升上山巔，我便把小廟交還給守夜的土地公，回到書桌前，坐下。

寢室渺渺無人，喝酒的去喝酒了，逛夜街的逛夜街去了。桌燈旁邊，也不知是誰放了半顆番石榴，並且體貼的用一張薄紙，蓋住剖開來的——白淨的心。咬一口，這半片拙重質樸的情意，嚼嘗澀甜的芳甘，只覺又是親近又是辛涼。

糾纏記掛著，如此喧囂的塵世一隅，膨脹自己做一個冷眼的評判者，咄咄鎖住凝眸處一個沉深的結，其實都無濟於事。這世界碌碌勞勞，隨興點化，隨緣好去，各遂其心，自了其願，紛紛說什麼殘缺不平呢？

攤平稿紙，一行行綠色的阡陌，和我相看不厭。終以文學的思騰爭辯，重新整齊心事成疊。今夜，我眉峰冰霜初溶。明朝，且用唇邊一朵微笑如蓮，向紅塵。

黃昏市集

0

富裕繁華的社會，最讓人擔心的就是物質戰勝精神，貪婪、浪費、薄倖，全是物質充裕後帶來的荒涼人性。

「從前的人，手拈一絲一縷，針針線線都是惜物謹事的心思。而今，堅毅儉素、刻苦謙卑的美德，已因物慾的著色而失卻光澤。」持這種論調的人悲觀了點！我想。

我一向飄泊荒山水莽處，眼底風景是那未經浮華點染的顏彩。偶爾返家，重見都會霓虹豔色，入目仍覺繽紛可喜，尤其黃昏時走一趟市集，一面挑選晚宴的豐饒或清淡，一面傾聽主婦商家在錙銖之間計較著的小小狡獪的心機，但覺這人間世，便要活成這般富富泰泰，活成這般熱熱鬧鬧才好。

1

從絢燦到平淡的過程，短暫得教人心驚，這是黃昏給騷人墨客永遠的震撼。幾條巷弄交會處的這個小市集，也似晚霞的命運，片刻之間烘烘燒盡熱情，只留下一地斑黃敗葉在沉寂暮影中，讓夜風輕輕翻動，輕輕飄走。

其實，小市集一天一次重覆初春青青草色到秋涼的零落寂寥，就像日出日落一般平常，不見得誰有那閒功夫去深思其中蘊藏的哲理，來市場的人，只一個單純的念頭：晚餐。

絕大部分的客人都屬職業婦女，下班時順道買些新鮮菜蔬趕著回家。各家攤販當然了解他們的顧客急如星火，因而買與賣者的交易行動，恍若行雲流水，不滯不礙。

我站在菜攤前看字條，正愁著要如何在一大片森林中指認妻子交代的某一棵樹名，那些束成一卷卷的青葉蔬菜，看起來都差不多！旁邊擠過來一個高挑的女郎，聲音冷靜銳利：「芥蘭一把，菠菜、豆苗各一把……」看著老闆一個命令一個動作，我判斷這女郎屬於祕書之類的行業，習慣條理分明，當我幾乎在森林裡接近迷路時，她已提著一袋蔬果和整船漁獲量，悠然遠去。當然，也有人買起菜來，怎麼看就是少了股狠勁兒，慢手慢腳精挑細選，掐掉幾片發黃的葉尖，折幾根較粗糙的莖梗，最可憐玉黍蜀被剝得衣不蔽體好減輕重量，老闆秤了秤，報出價錢，她自作主張把零頭給免了，還笑吟吟的對老闆說：「頭家，蔥仔多兩支來啦，有量有福才會大賺錢……」

這婦道人家笑裡藏刀，砍得老闆愁眉苦臉，屬於不露鋒芒的厲害角色，不知她丈夫兒女命運如何？想來須得當她家庭王國裡的順民，才能保證刀兵不起，社稷無恙！

還有那老婆婆，帶著孫兒孫女也來買菜。老婆婆看起來敦厚樸拙，難識孫兒女耍賴撒嬌的手段，菜籃子還空著，孩子雙手早拎著糖果冰棒和一支衝鋒槍。她只買便宜的應時菜蔬，一大把十塊、十五塊，卻不知追不追得回來因為「祖孫情深」而透支的代價。

間隔一代，添加寵愛三分，父母隨著上班，阿嬤呵著護著的孩子命好，我只希望這孩子能慢慢懂得感恩惜福。

是的，感恩惜福！逛一趟市集，我總要想起一次蘇聯物質匱乏，人民大擺長龍購物的無奈，以及非洲饑民黃沙枯林中提著容器等待一杓一瓢接濟的淒慘！甚至想起四〇、五〇年代，欲求溫飽，須得汗水滋潤禾田的童年農村。這些耳聞目睹和親身經歷的印象，相對眼前市集的豐盛，忍不住打從心裡便要喊一聲：「福氣啦！」

站在台灣任何一處黃昏市集，每個人都會有這種感觸的，我確定。

2

市集裡百貨雜陳。生意最最興隆的要數賣熟食滷味的攤子。豬腳、粉腸、醉鵝、烤鴨等切片拼盤，灑上蔥花蒜末薑絲，讓偷懶的主婦能夠優雅從容的端上晚餐桌。大概真正甘心洗手作羹湯的職業婦女比例不大，因而每家滷味攤總是人潮不散。

必須煎炒燉煮炸的菜蔬魚肉，各占區域。那菜攤上油綠芥蘭、青蒼龍鬚、翠亮蘆筍、白玉苦瓜，都是賞心悅目的顏色，懂得做生意的老闆娘看來更懂美學，抽個空，她就拿出小塑膠噴霧器，朝著菜葉噴灑，亮白燈光下，黃昏菜攤上的每把蔬菜，彷彿清晨新摘般新鮮。

精明的主婦識破她小小的美學詭計，相定一把最新鮮的，拿上秤前，甩兩甩後再抖一抖，墜落一地水珠，美學原就無價，怎能論斤秤兩？

只有太平盛世，肉攤上才會鍍上那一層富足的油光，也唯有太平盛世人民才有肉吃的結論，沒逛過肉攤子的梁惠王打破頭也想不出來。更油滑水亮的是賣豬肉的老闆，精赤著胸膛，手持板刀利刃切肉　骨，血氣和殺氣沾染上身，喉嚨大了，聲音響了，肚子凸了，古來多少市井豪俠，出自屠狗屠豬之輩，想來不無道理。

妻近來崇尚清淡，和肉舖甚少結緣，我挑選了兩塊丁骨肉排，也只為不長肉的孩子添些動物蛋白質。然而已受繁華世代恩寵的孩子如今也把嘴養刁了，筋裡帶出來的一點點肥他毫不遲疑的挑剔出來！有時候我以「大口喝酒，大塊吃肉」的英雄行徑激他吃點肥肉，看孩子皺眉苦臉的樣子，只好承認，我這斯文孩兒，的的確確少了豪俠氣慨。

魚舖擠在市場另一角落，同屬腥氣撲鼻臭味相投，淡水和海水魚舖卻又涇渭分明，海水魚冰鎮著，涼颼颼的閃動銀光，呆滯無神的魚眼彷彿說明遠洋水手飄泊的寂寞和絕望！淡水魚強調生猛，不鏽鋼圈成的一灣淺塘裡，鯽魚、鯰魚、泥鰍、草蝦，果然活蹦亂跳。

鹹淡口味可能分出的肉質感等等，我一向不甚講究，至多我確定鮮美兩字可以解釋成「新鮮即是美味」，只近來坊間贈閱的佛書看多了些，那生猛的淡水魚產對我而言，卻又新鮮得過了分。

不買魚，當然也不想欺負那些有殼的軟體動物，我總覺得一鍋鮮湯裡需要數十到近百的蛤蜊等奉獻血肉生命，實在心生不忍！我不懂自然法則裡食物鏈的這筆帳如何算法，終究自以為是的辜負了蛤蜊、蚵仔攤老闆的盛情呼喚。

等到走近水果攤，讓一股果香沁入心脾，情緒大為好轉，水果攤上，歐美的櫻桃、葡萄、水蜜桃，東南亞的山竹、榴槤、紅毛丹，和台彎土產的芒果、香蕉、鳳梨，一齊排排坐，初初那種感恩的心情又浮上來，物質充裕實在沒什麼不好，巷弄深處的黃昏過客，任誰都能品嘗得到來自世界各地的珍奇水果。想當年楊貴妃深宮中望穿秋水，鎮日遠眺官道盡頭煙塵，只為嶺南荔枝的滋味！盛唐帝王家，集三千寵愛的妃子，看來福分還比不上現代尋常百姓。

知福，惜福，就這樣了。

3

夏季日長，黃昏市集的過客絡繹不絕，生意好的老闆們有些已準備收攤，剩下一些貨底開始喊起價來，原來一把十五塊錢現在兩把二十塊，如果狠心，掐頭去尾再殺個價，老闆歸心似箭，也沒空和你計較。

或許是忙中有錯，也或許該計較的是童叟無欺的生意原則，一家菜攤前起了些爭執，圍了好一些公婆在那兒說情論理。我湊過去聽了一會，雙方各執一詞互不相讓。沙啞語音的老翁說得顫顫危危：「我身上帶兩百塊，給你一百，妳一定要找給我七十五塊錢。」他翻出來長褲上衣五六個口袋證明，果然只剩下一張紅色鈔票。

老闆娘精明伶俐，聲音盡量已柔軟：「阿伯，這粒甘藍二十五元，你拿回去煮沒關係，你錢沒給我，顛倒愛我給你七十五元，說不得過啦！」

給錢和沒給錢都斬釘截鐵！老伯說伊強要入棺材的人了，哪會欺騙查某囝仔，老闆娘堅稱生意道德和目光銳利，絕對不敢得罪客人和已經看清楚收了錢沒。一旁七嘴八舌的大法官們最後同意：老伯菜拿走，老闆娘不用找錢。

老伯伯氣呼呼走遠了。

方才隔岸觀火的各家攤販老闆們，此刻過來輕聲訴苦，原來他們都曾讓這個老人拿過免費蔬菜肉餚！只看他年紀大，一向留三分餘地罷了！

其中有人知那老人身世。兒媳不孝，任由老父拾荒維生，孤零老人自炊自食苦度餘生一久，終於儉嗇成癖……竊竊語聲，句句慈悲寬容，早被識破真相的騙局，眾家攤販一致同意，繼續合作扮演。

黃昏逐漸遠去，市場燈光一盞盞相繼熄滅，菜攤肉舖上冷白磁磚微泛寒意，我慢慢的走回家，心中喜樂安靜。

0

名與利做為生命的動力，把整個社會潑辣辣的推上繁榮富裕的坦途，這不好嗎？坦途走順了，確實會讓人逐漸忘卻舊世代的艱難歲月，然而，我深信的「人性本善」，終在一趟黃昏市集裡得到小小的印證。

卷四

魔界

結婚十二年，

她痛恨一成不變的生活模式；

更痛恨固定而規律的做愛、

動作和次數。

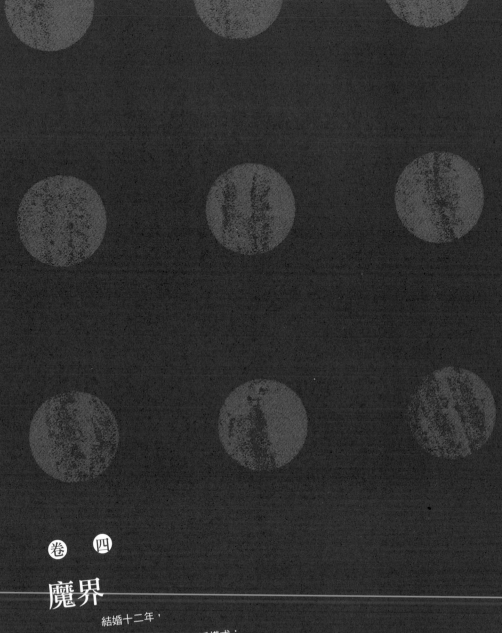

斷弦曲

鏡——

夕陽如火，潑灑在紅磚人行道上，急遽的都市過客，馬路飛梭往來的車陣，像聒噪的歸鴉，追趕著一個匆匆殞落的黃昏，而我是街頭疲憊的舟，靜靜的浮沉人海波濤，潮起又潮落。

越過竹籬笆，走進芒葦翻飛的廢置用地，才發覺白芒花和木麻黃林間的夕照世界裡，早有一個支頤沉思的妳。

只是隔一道疏透可以互視彼此的竹籬笆。沸騰的街景和眼前靜肅寧和的斜陽，絲毫不漏的分辨開來，彷彿跋涉千萬里的霜塵，就此地落定。妳回眸相望的目光，有獨上高樓、望盡天涯路的纏綿。

世間女子多喜紅豔，烏雲長髮的妳黑衫深深，應是有異眾世女子，別有一番執著。而妳獨據的一方淨土，貿然持橫笛闖入的我，又是怎樣一個妳三生今世期許的身影呢？

走近妳，暮色裡妳相迎的眉眼，漸次分明，走過妳，登上頹圮的斷垣。一曲長笛繚繞，把落日推送至漸濃的夜色裡，長笛又一曲繚繞，把市街兩旁的霓虹，一盞盞喚醒。燈影迷離，妳不變的姿影，卻如永恆的雕像。

不管宿命的緣遇，界定成這般詭譎莫測，還是把妳鏤刻入夢魂深處了。幾次中宵酒醒，攬鏡自照憔悴的容顏，妳那執恆尚黑的自持，依稀是我本來面目。原來……原來在這瀰塵煙漫的人世裡，我也有一座雕像在心中，日夜獨自沉思，亢然不悔。

直到有一天，同樣那一方淨土上同樣的黃昏，我牽起妳的小手，隔著籬笆，並肩望向長街落日，妳說，晚風中的笛韻，是妳嗚咽轉折的心情；這個殘垣夕照裡，橫笛卓立的男子，是妳多年尋覓，最心疼的等待。

當時只覺真亦如幻；當時只覺幻已作真——當時只覺這黃昏，美得驚心動魄。

花——

像夏日最後的一朵玫瑰。

驚惶著沒有明天，沒有未來；開得豔麗而急速，就算凋敝的命運已確定，也要留幾瓣零星淒美的回憶，在冷落的深秋裡。

咖啡雅座的椅子柔軟狹窄，正好容妳倚著我的肩；咖啡是熱的，妳卻總要等到涼了，才淺嘗它的苦澀。妳牽絆束縛的手，卻像懼怕失去什麼。妳怨憎塵世是一個巨大的陷阱，宿命已安排好，妳墜落的結局。可是，我只看見妳眼中有甘願承受的苦楚。

嘗試了解妳的傾談，像滿地攀爬的葛藤，我尋不著那根與莖。就如同妳從不問我，不問妳我這段情愛應該使用什麼樣的盟約或誓言，妳只是讓軀體和心靈作最後的吐豔，向我作最無保留的綻放。

那時，我懊惱的告訴妳，我不要這樣的愛情，我要知道妳的過去，要相伴妳的未來。而不是只擁有現在。妳笑著，笑得飄搖淒豔，像一朵狂風暴雨中最美的花。

一次又一次，妳總是用鹹澀的淚水，沉默的浸漬著那個話題。

不敢怪妳把愛情作這般闡述，愛情是花，春榮秋枯的顏色，自有緣與命去塗染。我要的保證是一場熱烈的婚禮，把愛情燒炙成乾燥花，好永久保存。妳說，妳不喜歡徒留姿色的假象。

把心捧出來，用唇和舌的刀細細解剖，委婉向妳分說，愛是孤獨旅人手中的燈，在人世道途上互相照亮、相互讚賞的容顏；也照清楚月老繫足的紅線，若前生註定事，今世妳就不該迴避。

而妳寂寞深深的神情，是那千瓣秋心的菊，彷彿就要這般黃黃的謝。

水——

長溝流月去無聲。

春夏秋冬，在這層次遞轉的時序裡，流水和市街依舊固執不變的步伐，歲月交揉磨損，人事已是幾度滄桑。

河畔石椅上，坐看日落月起燈杳霧濃，深宵寂寂的河面微波，流漾我凝注的眼眸，回憶，如投石問水的漣漪般，逐漸迴盪開來。

妳是把愛情折辯成謎題了。追躡在妳身後，急切的要在妳渾沌莫辨的背影裡，尋找答案。

華麗的招牌霓虹、閃爍的小燈泡曖昧的妝點在門口，墨色的落地門吞沒妳那一襲寬寬的黑衫。而我憂傷的徘徊，引來門前的小伙子，勾肩搭背的擁著我，既謙恭又霸氣：「大哥，入來坐，甲你介紹新來的小姐。」

燈光明亮，妳這黑色羽衣的天鵝，如此突兀的夾雜在一群俗麗的鶯燕裡，指著妳，向哈腰遞菸的小伙子說：「我要她，全套。」

可以拉上簾幕的按摩椅，分離成一個黑暗冷漠的世界，也隔絕了樓下模糊的人語喧嘩，更上層樓的小房間裡，那名喚作「秋月」的女子，褪下黑衫，終於凝止嘴角那朵淺淡的笑意。豐盈柔軟的軀體偎入懷中時，妳素淨的頰上滾落的淚珠，一顆顆都是句點，戛然終止愛情的篇章。

那一夜，就在這一張石椅上，我讓夜霧沾溼鬢髮，直到霓虹相繼入睡；直到陽光朦朧醒來。

那一夜，長溝流月無聲。

月——

從此斜陽獨照殘垣。

白芒花和木麻黃燃燒過一遍遍黃昏，竹籬笆圈住的一方淨土。笛韻聲聲召喚過，無數個歸鴉落日——只是山水俱已蒼茫，人已天涯日遠。

重新把愛情安置在誓約裡，然後，相攜妳的手，要向宿命擺弄的塵世路途昂揚前行。

而妳在何處？

每一襲市街偶遇的黑衫，都不是妳無悔的形容；流轉的人海波濤中，再也相尋不著那片孤獨的帆。無數次苦苦追索的頹喪，如荒煙中的蔓草滋長，妳那支頸沉思的雕像，逐漸暗朽。

愛情，竟也可以在漫長的守候裡褪去顏彩；笙歌散後，弦斷曲殘，是我今夜的心情。

夜深人寂，幽寒透衣如水，偶爾飛馳的車聲，在這靜夜裡傳來，斷斷續續恍若隔世。

站起身，走上鐵鍊垂鎖的河堤，秋風如刀。

清淺河漢繁星幽微，有情的秋月，漸瘦如鉤。

烈火紅蓮

地藏菩薩發大願心，地獄不空，誓不成佛，因此化身入地獄道，普渡眾生，當痛苦之火燃炙地獄眾生，而地藏捨身走過時，烈身都化作朵朵美麗的紅蓮花。那些凝神聆聽大願菩薩悲海緣聲的冤魂厲魄，渾然忘卻烈焰灼身之苦！

梵語

「寶華承足，步步清涼，這是何等令人動容的一刻。」木魚托的一響，端坐蒲團的比丘尼合掌誦佛，地藏大悲柔軟的心路詮釋，終告功德圓滿。

她悄然起身走出寺門，眼前峰巒層疊翠屏，煙嵐舒捲蟬紗，斜陽淡淡映照寺頂飛簷的磚紅琉璃。入目生花。倚著危崖石欄，她低頭垂睫，任由一顆顆珍珠斷線，跌碎塵埃。

山腰小小神寺，只有幾個蔬果親耕自摘的緇衣老尼，每隔一段時間，她就會上來走一趟，添些香油住個幾天，久了，便也和寺內的師父們無話不談，除了她的身世。

心事的甕口，層層泥封，而迷惘悲切的眼神屢屢欲洩天機，曾經不及收藏的淚水，分明吐露心酸，那些寺裡師父卻不追問。佛門菩提懷抱，迎她許她這名娥眉不展的世間女子，輾轉炎涼世途累極倦極時，攀此一方淨土，自在晨經夜課的梵海潮聲裡，梳理迷了津渡的岸邊心情。

因為這般慈悲寬容，她喜歡這裡，這裡不會有人喋喋追索她的謎底，她也無須去編排一個個小說情節般的身世，來換取虛假的同情，或者……小費！

是的，小費，地藏捨身入地獄，她也是拚捨一生自墜煙茫火海，菩薩渡的是十方眾生，她只渡一個家庭，拉拔這個家庭掙破飢寒生活的羅網。托足紅蓮她沒有，卻是步步水煎火燎呵！把青春芳華走成溷花零落的景象。

她是最紅塵處的風塵女。

鞋跟或亢厲或沉緩的敲擊著蓬拆的節奏，細碎霓彩旋動綺迷光點，一群顛躓狂亂的身影，掙扎擠滿滑亮的地板，駐唱的歌手聲嘶音竭，正呼喊著一個醺醉的夜晚。

在那裡，她有個名字，紅蓮，舞國名花，紅蓮小姐。

其實，她覺得她更像曇花，一朵夜夜和燈輝共爭燦爛的曇花，青春被熱絡的以鐘點計費買賣，花顏麗色在檯與檯間招展風情。更深的夜裡，她或者是土雞城裡不醉不歸的過客，直到清晨醒來，才匆匆的自某個賓館某個男人狼藉的臂彎中，逃脫！

回到姊妹合租的窩，安眠藥一吞，曇花攏束起瓣蕊，潛藏入黑沉沉的睡鄉夢土。就這樣日復一日，放任風霜塵雪交揉磨損出一張更易上妝的慘白的臉。

晚膳鐘聲悠悠纏入她沉溺的思緒裡，仰起臉龐，她閉眼承接落日昏黃的餘溫，山風清冷伸手，偷偷擦拭頰上水痕。她聽著長髮在耳際溫柔細說波浪的消息；聽著松濤竹韻裡互喚歸巢的禽鳴，叼啾款曲。危崖下山泉一縷琴音，輕細空靈，接著是一聲渺不可聞的嘆息，起自身後。

回頭入眼，單掌問訊的一襲灰袍芒鞋上有雙世情洞悉的眼眸，悲憫的唇輕啟平常話語：「好去吃晚頓啦，小姐。」

悲弦

潑醬苦瓜、豆豉芥蘭、白菜湯裡片葉風帆，載沉載浮，她嚼嘗得出其中甘苦滋味。

她不曾忘記，那段慘淡歲月的記憶，父親中風，弟妹還在讀書，剩下母親和她苦苦撐持重擔，母親總是含淚全數接過她的薪水袋，她在紡織廠裡超時加班，胼手胝足卻依然填不滿起碼生活和龐巨醫療費的慾壑。父親歪斜抖顫的軀體內有顆明白的心，幾次喚她到床頭，吞吐不清一句模糊的關心，便任那涕泗淚流的傷心顏色，沾溼染透她的羅帕，懂事沉默的弟妹，更是早早躲入房中，把那書本功課，淚眼裡讀過一遍又一遍。最令她心碎的是母親，母親端出單薄的菜餚上桌時，那羞慚狼狽的神情。

不忍血脈至親，受那生活鼎鑊煎熬，也怨這人生憂苦逼人，她在愛與恨的懸崖邊緣沉吟呼號良久，良久——終於縱身一躍！

百千劫難，都身受過，如今回頭來吃這樣簡單清淡的一餐，卻已是不同心境。離開膳房，踩著弦月初鋪的寺庭泥地，穿過山寺牌樓，粗礪石板疊置的階梯，層層層層墜入深淵。援竹攀葉扯藤，她一路沉入最黑暗處，尋個階梯坐下，有一小段時間裡，無邊黑夜只剩她呻吟般的喘息。

她喜歡黑暗，「或許是因為職業吧！」她自嘲自謔的想。即使回到家裡，她也習慣了不開燈，關在漆黑的房內自作一個無面目的女子。她的家，父親漸能拄杖行動，母親幫人洗衣拖地的傭婦工作，也操勞出硬朗的身子，弟妹優異的成績更是父母的希望。只有她，她！幾年來母親接過她一次次大筆的金錢，也曾經一次次哭著求她勸她，然而，歡場人事淬煉的精明冷漠，讓她懂得如何隱藏自己內心的感覺；如何劃分一條不能互犯的鴻溝，家和親情，便在她有意的隔絕下，愈離愈遠。

她的世界，弟妹不敢過問，慢慢的連父母對她也添幾分客氣，再慢慢的，她發現她的家，開始……怕她！

或者，她曾憐惜一身亮麗羽毛，凌亂折損於人世風雲中，甘願自墜火海的紅蓮，還有幾分含悲帶恨吧？就這樣，血緣牽繫的手足父母，在她恩裡怨裡兩難自處，都一般辛苦。

都一般——辛苦。

合掌蒙住眼臉，她輕輕啜泣出聲。寂寂荒山荒徑寂寂，她那千轉迴腸的幽咽腔韻，恍若天地之間唯一未斷的琴弦。

世間音

紫府星沉，月落大地。

曉風中，山巔一道曦光持刃，劃破闇夜迷幛。

雞鳴不已，聲聲啼喚。她自多風雨的夢土醒來，擁被推窗，還來得及相送一鉤殘月悄然隱去，嶙峋嶸巖，開始就著微明的天色，撲青抹黛，她所熟悉的菜園、山門，寺頂琉璃瓦簷一樣樣在眼前調整清新嫵媚的臉孔，甚至斜坡那株孤高衰敗的凋傷冷木，枝椏伸向晨霧汲水的手勢，也彷彿欲待撈取一股不死的生機。

她以舒張的肺葉，盡情收集山綠冰清的氣息，然後回到床邊，拿出妝盒，仔細審理鏡中容顏。長髮留有昨夜凌亂的睡痕，等待梳篦，唇與頰薄敷冰雪，需要口紅胭粉添些暖色，只有翦水雙瞳清亮無瑕，那是夜來淚雨滋潤過的。

衣箱裡挑出一套最素樸的衣服，擁抱住柔軟有致的身軀，旋轉一圈優雅的探戈，她盈盈滿溢著好兒女的可喜。心情無端的好轉起來，平凡家庭裡平凡的苦難故事，只當苦海行舟時偶遇的迴流惡浪，便代父母弟妹生受了吧！望一眼斜坡焦切的枝樹，她還有一大段青春歲月任自己安排呢，她想。

早課鐘聲盪盪嗡嗡中她出了門，並且對迎面而來，神情端凝的老尼，行了個熱情的擁抱禮節，像個瘋丫頭般，朝著老尼多皺紋的額頭印上吻，清脆的喊了聲：「阿嬤，真早啊！我肚子餓了。」

老尼姑又驚奇又好笑，更多的是膩疼，一疊聲喊著：「卡西意咧，等吓甲我摔摔倒。」一口鄉野拙樸老婦的言語。兒孫都已成家立業，她自擇山寺安度餘生，卻讓這般小女兒的嬌癡，撩起她誦經唸佛一心要斷滅的人世溫情。

一整日，她成了百囀的靈舌小鳥，跟著老師父們沒大沒小的逗著笑語。菜圃彎腰拔草，寺後劈柴提水，細亮的汗珠在額際頸邊茸毛裡藏躲，她手臂一抹全部驅逐，也不嫌熱不嫌累。那個她早上抱過的「阿嬤」，今天特別呵護她，還抽個空，偷偷的說了些有情魔障的體己話：「這呢水的查某囝仔，好去找個尪嫁嫁，跑來這塊作工。」末了，還加一句：「菩薩伊也不肯妳按呢做！」

是了，紅塵世途上即使遍生荊棘，一步一印血，宿命放行的牒文領過，便不得不渡重重關卡。若說求個並肩扶持的伴侶，於她來講，也確實用心搜尋過，可是，她生命舞場裡燈暗影昧，要如何分辨得出，誰是三生石上前盟舊約的故人？

舞池不會是她這朵紅蓮的歸宿，山寺菩薩也僅允她暫泊彼岸，滔滔塵世洪流，姻緣聚散的波濤，她仍須去一一領受印證。

地藏乘著大願，地獄烈火中走上一遭遭，皆無罣礙清淨之身，或者，她會回來這裡，回來菩薩慈悲足下追索紅蓮的本來面目。

她悄聲卻認真的向「阿嬤」說：「我不愛嫁，妳煮的菜好吃，我還會回來。」

黃昏時，她跪辭金身雕就的菩薩，也和寺內師父，執手道別，尋著山路階梯逕入紅塵。同樣來時的一身裝扮，不同的是裙裾款擺的心情。

轉角處她駐足回首，斜陽青山，相對無語。山寺一角飛簷，還在招手，有風，吁吁穿林追趕而來，隱隱的鐘聲清冷。

再回首，便是人間世。

火鶴計畫

星期日，晨，九點十五分。街道上滾動的車輪，漸漸加快旋轉速度，開始追逐生活急促的脈動。

他並不急，繞著純黑三菱跑車走一圈，從容上車。安全帶嚶一聲，盤腰掛肩，自動把他圈縛在駕駛座上。起動後檢視儀表，他滿意的把車子開出大樓地下室，轉角處靠邊停好，仔細傾聽引擎運轉時微細顫爆的輕吼。

隔著一條大馬路，是另一棟十八層的大廈，他瞄一眼七樓處小小的霓虹店招：茱麗葉休閒中心。然後就把注意力移轉到地下停車場的出口，待會兒，應該會有一輛鮮紅的愛快按著囂張的空氣式喇叭，斜斜穿過中央分割島的切口，從他車旁呼嘯而過，他也喜歡開快車，並且自認技術一流，卻老跟丟了那部愛快羅密歐的小跑車，他有點不服氣，又實在心折對方開車時那股不要命的霸氣。

他就是缺少這點！天性溫文高雅的缺點，顯諸於公司經營上，還能持平守成。競逐在愛情領域，就變成不可救藥的失敗者了。他不習慣爭奪！

可是，他知道，或許愛情終於自個兒尋來了。

從上衣口袋裡拿出一條淺紫絲巾，拉平攤放在駕駛盤上，看著絲巾左下角一簇黃蕊紅瓣的火鶴花，火鶴，他知道這花的名字，是昨晚，昨晚茱麗葉的「小憐」告訴他的。

他享受著小憐指尖尋筋按脈的酥麻酸軟，然後詭異的發現，小憐垂軟指頭在他肌膚表層梳壓時特殊的快感，而且愈來愈踰越了「半套」的規矩，讓他隱隱有種被侵犯的感覺。

一把按住小憐柔細的手掌：「小姐，妳弄錯了，我沒說做全套。」

小房間內燈光綺媚，這真是一張如花的臉。她輕聲細語：「我知道，你是君子，從不沾這兒的小姐。」頓了頓：「我也從來不賺全套的錢。」

他相信，因為她是茱麗葉裡最神氣最傲氣的按摩女，他不再抗拒，溫馴的任由小憐擺布。

起初，他還能確定自己堅持原則的控制能力，而她的技巧卻不落痕跡的喚醒他蟄藏的原始慾望。當他忍不住把那女孩拉入懷中，陡然發現她一臉無聲的淚，心疼的閃動著幽幽的微光。

不知道為什麼，那一剎那，竟是和她有種心靈全然相通的震撼！感覺一雙怒海孤雛，險險覓著一塊浮木，束翼歛落，任風浪溼透的羽翼披垂的無依和惶惑，而他是浮木，卻更希望是波濤人海裡一座穩定的島，以雙臂圈成溫柔港灣，呼喚她生命風帆，從此停泊。

他以對待伴侶的深情憐惜她：她以服侍夫君的神韻婉轉承歡。

當他們仍互相擁抱，沉浸在不可思議的合體激盪餘波中，他內心澎湃洶湧，語氣卻出奇的冷靜而堅定：「我叫妳小憐好不好？小憐！讓我們賭一次——嫁——給——我！」

她拿出那條絲巾，原本放他口袋裡的絲巾，紅豔未褪的頰上漾出的一對笑渦，眼睛是雨後晴空的亮：「別忘了你的火鶴，別忘了，你怎不向她求婚？」

就是這條引他諸多幻想的絲巾，小憐認識絲巾主人，並且告訴他今天絲巾主人的動向。他的確忘不了那鮮紅愛快車窗伸出來一隻素白的手，輕佻又挑釁似的放飛火鶴的一幕。他停車撿起絲巾時，心底最深處那瘋狂浪漫的弦，叮叮咚咚響著。然而經過一夜長思，他也確定今天，他會把這件心事了結，因為小憐清晰得已經替代那隻手，在夢裡出現。

他把絲巾纏在芝柏錶帶上，九點半。紅色愛快自對面地下停車場衝了出來，一聲尖銳的輪胎磨地響過，轉入他的車道。他按下三菱跑車 Power 的鈕，高噴油量將引擎轉變成蓄勢的豹，他緊隨著撲出，追個首尾相接。前車玻璃墨色的隔熱紙，讓他窮盡目力也看不透車內人影，倒是車窗搖下一條縫，又伸出那隻手，向他作出「跟我來」的手勢，這回絲巾是纏在手腕上，迎風獵獵飛舞。他大叫一聲，也把綁著絲巾的左手伸出車外揮動，然後，專心展開一場追逐。

就這樣一路按喇叭，搶黃燈，變換車道，一紅一黑兩部跑車很快闖出市區，半小時後，迅速而平穩的行走在山水鄉道上，左邊是各具姿態的十八羅漢山，右邊則是一彎潺潺清波的茏濃溪。

這條路，他太熟了。再過去的小鎮六龜有座孤兒院，他來來去去已走過許多趟，他打定主意，不再追逐紅車了，留個飄忽神祕的緣分，日後哪裡碰上哪裡算，他想去孤兒院看看小琪，他認養的一個小女孩，已經八歲。

「一個月有吧？」他想。沒和小琪見面，心裡好生過意不去。這靈巧聰慧的小女娃一定會思念他的。恍然想起，小琪的眉眸有幾分神似小憐，該帶她來看看，小憐一定會喜歡他這個女兒，甚至他想像，一個家憑空出現的情景，三個人，天各一方聚集成家，成家！是的，他從不曾如此刻般迫切的想要一個家。

就算小憐不答應，他也會開始全力追求她！一輩子。

即將轉入孤兒院的路口，紅車的方向燈朝他眨眼睛，他跟進去，滿心的驚異。孤兒院門口並排停車，他終於看到紅車主人高挑的身影，蓬鬆長髮被隨隨便便挽個結擱在一邊肩頭，露出一段白皙的頸。火鶴T恤，緊身牛仔褲，眼前這素雅俏豔交揉的女子，竟是——小憐。

並肩站在一起，望著她微笑的酒窩，還不知如何問起，小琪晃著兩條小馬尾，呼喊著跑了出來，又叫又跳的拉住他的手：「爸爸，爸爸，媽媽好棒喔！真的把爸爸帶來了。」

回過頭，一雙深飲長醉的盈盈眼波，正暖暖的迎著他。

魔界

枯寂無味的天地裡，隱藏有另個奇異的次元，和我們人世交疊並存。

當生命活動的軌跡產生偏移或突變時，就可能打開一扇門，窺見這個生與死，火與冰，深悲與極樂交揉磨損的世界。

1 生死魔界

開啟魔界大門的鑰匙，對她而言，只是一聲尖利的煞車聲。

那是個薄霧，有月微暈的深夜。

都市已沉睡，她在密閉的車廂裡眯起眼睛，看著筆直的市街路面上閃動的霓虹光彩，正被車燈迅速吞噬；感覺青白路燈一盞盞掠過車窗時像暴風雨前濃密雲層裡厲亮的閃電！她微微心驚，酒意終於清醒幾分。

轉頭望著開車的丈夫，她只能看到丈夫陰鬱的側臉，熟悉的輪廓，絕美的線條，在燈輝交錯的瞬間，呈現完整而明亮的魅力。她忍不住輕輕喚著他的名字，掙扎著湊過去吻了他的臉頰。

她捧回座位時，滿心的甜蜜。結婚三個月來，他們以新婚的姿態，接受同事朋友的道賀邀宴，在酒酣耳熱裡重覆領受金童玉女的封號，而此刻，他們正要回家，回到喜氣猶未消散的家舒服放縱的躺平在那張溫暖的大床舖上，等候一場完美的做愛。

壓不住洶湧襲來的綺思，她伸手把冷氣調強些，音響轉低些，才發現丈夫扶著方向盤的手指彈動節拍，嘴裡也哼著歌，剛剛ＫＴＶ還沒唱足癮，要不是每個人都快醉倒了，真可以唱到天亮。她微闔著眼，逐漸爬升的睡意，溫柔而霸道的占據她所有的思維……

直到那尖銳的煞車聲，利刃般貫穿她的耳膜！她被拋向車窗的一剎那，還來得及睜眼看見兩盞眩目的車燈迎面撞來，那光芒燦厲急促，瞬時刺透她的身軀！

玻璃碎片恍若萬點星光，她掉向銀河最森冷處的——魔界！

第一個感覺是霧，灼燙的霧蒸騰在四周。然後她看到微暈的上弦月，像惡毒冷笑的唇。她衰弱的意識行走在荒寒的烈火中呼喊著丈夫的名字，呼喊著……終於進入完全空白的昏迷！

她復元得很快，當轎車撞上大貨車時，她半醉半睡的身體已放得柔軟無比，幾乎只是擦傷和割傷。然而，她的丈夫卻挫傷了脊髓中樞神經，造成頸部以下癱瘓。

一年兩個月來，激烈奔騰的情緒和淚水，都已失去掙扎的力氣。她在醫院裡神志恍惚的照顧丈夫，不可置信的看著丈夫強壯的身體，在短短時間內蜷曲削瘦變形。只剩下臉，一張虛虛的、誇張的胖起來的臉。她機械似的替丈夫洗澡、拍痰、按摩、翻身，直到筋疲力竭的夜裡在病床邊傾聽呼吸器嘆息般的聲音進入夢中，進入車禍前甜美的生活記憶裡，尋找生命正常的軌跡。在夢中微笑或哭泣，並且偷偷的和自己年輕的情慾交談。

她要費極大的力氣才能醒來，才能認知自已身陷魔界的事實。醫院中發生的一切都是她無法掌握的虛幻迷離。丈夫不是丈夫，甚至那胖起來癡呆的臉，彷彿已是一個陌生的生命，病情了然於胸之後，她絕望的不再尋找脫逃的理由，她必須陪伴著這個生不生、死不死的病患，折磨到有一方崩潰了，才准拔離魔界！

2 孤獨魔界

校門口擠滿了汽車機車，都是爸爸媽媽們來接小孩的。他冷淡的看一眼，獨自拐往圍牆邊的人行道，數著一塊塊紅磚，慢慢回家。

四點下課，學校到家裡十五分鐘，他回到家已五點半。半路上吃了一塊米血糕，一支甜不辣，進入書局看《少年快報》和《七龍珠》，最後停留在電動玩具店，將身上的錢全花在快打旋風！幾個月來，他一直和那七個對手糾纏不清，今天最好的成績，已把四大天王給逼現身了。

創新記錄的喜悅，隨著離家愈近而一分一分的消失，他抿著嘴不理會大樓管理阿伯那聲腔味很重的返來啦。直直走到電梯口按下上升鍵。空無一人！他看著空電梯，再望著大樓入口，期望著會有人來。

有人，他低著頭等著，來的是兩個濃妝豔抹的女孩。他知道她們只到五樓，五樓是個神祕的地方，是限制級的地方，也就是色情場所！他知道，但他還是跟著進電梯，雖然不喜歡她們身上嗆鼻的香水味，但總比一個人坐電梯好，何況那些年輕女孩對他一向很親切。

一進電梯，女孩子果然按五樓，他按十樓後縮入角落，看著自己的鞋尖。電梯才動，一隻手溫柔的放到他肩上，他聽到一個軟軟的聲音說：「小弟，怎麼現在才回家？」

另一個女孩講的話又急又快：「妳無聊呢！誰不知道現在的小學生下了課還要補習，不補習的全打電動去了！」

那軟軟的聲音說：「弟弟，你可別去打電動喲！」

他沒理睬，五樓很快就到了，那溫柔的女孩說：「妳先出去，我陪弟弟上十樓再下來。」

他驚喜的抬頭，那女孩朝他微笑眨眼，他脫口叫道：「阿姨……」幾天前，他在空電梯前等人時，是這個阿姨進來，說她也不喜歡一個人搭電梯，那次她陪他上十樓，聊過幾句。

電梯繼續往上升，十樓到了，他滾在喉頭的那句：「阿姨，要不要到我家？」只換短短一句：「再見，謝謝阿姨！」

他站在門外一會。左邊通道盡頭，古銅雕花門閃著金屬冷硬的微光，他慢慢、慢慢的走，慢慢、慢慢的想：國語圈詞寫三遍，學習評量做一頁，爸媽該回來了，若沒回來一定又是工廠趕貨，那麼，冰箱裡的微波爐快餐要選哪一種？咖哩雞飯？牛肉燴飯？肉粽或魚翅餃？

晚餐後爸爸沒回來，媽媽可能會先回家，再沒回來一定會打電話說：「功課做完了沒？吃飯沒？爸媽有客人，會晚些回來，十點記得刷牙再睡。」爸爸從不在電話中跟自己講話，只會交代媽媽提醒一句：「不要又在電視機前睡著了」。

終於走到自家門口，他按著門鈴不放，傾聽室內叮叮咚咚的音樂聲，直到銅雕門上幾個人臉雕像，幾雙空洞洞的眼睛一齊透出嘲弄的笑意，他才罷手。摸出鉛筆盒，拿起一串鑰匙，打開鐵門，打開木門，打開一個既熟悉又冷漠、寂靜空曠的世界。他的魔界！

3 情慾魔界

出入魔界，她已因習慣而逐漸麻痺。曾經烈火寒冰，甜蜜巨痛這些互相攻伐的感覺，彷彿不再出現。

然而在今夜，在都市叢林才剛著火的這刻，她從賓館七樓的帷幕落地窗往外看，看著燈輝火場裡奔逃突圍的人潮車流，看著室內粉色柔光裡的壁毯、雕像，以及水藍圓床裸睡男子潔潤的肌膚，再審視自己呈現奇異明暗交織，滾燙焚燒的軀體，心裡卻細細碎碎的浮動著針尖般亮而清晰的酸楚。

剛才，她恍若垂死的獸般肆無忌憚的呻吟著，用盡殘餘的力量纏繞迎合著另一隻垂死的獸，牽扯著攀登情慾顛峰上一起裂喉嘶喊！那霎時之後，她很快的甦醒，推開身上男人汗膩的身軀，衝進浴室，以近乎極限的溫度泡了熱水澡，裸身獨自蜷縮入落地窗旁的沙發上，讓室內冷氣慢慢吹乾身上潔淨的新汗。

在魔界裡她是蕩婦，是個自人間母親和妻子角色中逃脫出來的蕩婦，任何一處私密的斗室，都是她的魔界。「我不是！我不是蕩婦，可是我在做什麼？」她淒慘的逼問自己。然後，淚水悄無聲息的潤溼眼眶，粼粼若潭，決堤後盛載不住的淚水，終於沿著鼻翼兩側滑落。她抿抿唇，舌尖微澀苦鹹！像心情。

結婚十二年，她痛恨一成不變的生活模式；痛恨固定而規律的做愛動作和次數，可是婚前婚後一樣忠厚老實，無處挑剔的丈夫，讓她找不出理由來支持自己愈來愈乏味的憤怒！等到孩子各有了房間，有了功課，不再廝纏著她的時候，她終於悍然逃出那看不完港劇的客廳和做不完家事的廚房。

穩定平靜的家居生活，十幾年來把她的心思淘洗成白紙般純淨。她花了一小筆私房錢，進入直銷的行業，開始有產品說明會，有同心郊遊，有市場開發的巡迴展覽，更多的是許多殷勤男子對她企業潛力的肯定，對她身材容貌的讚賞。回到家，只有丈夫寬容而擔憂的眼睛，她喜歡男人看她時灼灼如火的眼裡明白標示她的美麗。

她溫馴而盡職的一個禮拜出去兩個晚上，幫忙最肯定她能力的年輕經理布置會場和收拾會場，並且接受他誠心感謝協助的宵夜邀請，在一次次微醺的酒意中，容許他偶爾失態的擁抱和親吻，然後上床！

她竟是以憐憫的理由說服自己去紓解一個年輕男子最痛苦的焚身慾焰！因為她的美麗讓這男子情難自禁。

「我不是蕩婦，我不是……」她喃喃低語若泣。固定重覆的密室幽會，年輕她十歲的男子依然有著無盡瘋狂的需索，她卻在多次攀越情慾顛峰後，逐漸看清魔界淒冷虛妄的真相！

裸睡男子在圓床上翻身，她急忙逃開眼睛，一剎那的醜陋猙獰讓她升起無可抑制的嫌惡！她再次凝視窗外熠熠沸揚的夜景。千燈萬燈都各自闡述著故事。屬於一個家庭的建立或毀棄的悲歡故事，其中一盞是她的家，家裡有等不及母親回來先睡了的孩子，有個在沙發上打盹等待妻子夜歸後端上一杯熱牛奶的丈夫！

她要選擇什麼結局？

賓館的冷氣彷彿愈來愈強，她突然覺得渾身發冷。起來穿好衣服，踩著無聲的地毯來到門口，略一遲疑，她深深吸口長氣，終於扭開門把，側身閃出魔界，不回頭！

門外，正是人間。

小曼

0

有一次，我在大樓第35層窗口，俯視午後的都會景象，汽車機車行人呈現出玩具的特質，在一個個小盒子圈成的迷宮裡衝撞突圍。

十字路口，一輛左彎的轎車，被對面一輛大卡車攔腰推上安全島，隔了一會，救護車、警車閃著燈號開了過來，凌亂聚集的人群，停頓但歪斜擺置的車陣……很像一個不專心的孩子玩一場不很專心的遊戲。

人，人在宿命的手中被撥弄著，無知無感，而宿命——宿命不就是這麼一個頑皮惡毒的孩子嗎？

1

這是一條燃燒的長街。

從巷道探頭出來，不管左轉右轉，每輛車子都像他家失了火似的催著趕著，誰也不讓誰！

路口紅綠燈很盡責的變換燈號阻擋，總也檔不住駕駛者的心急如焚！塞成一團後，只好靠喇叭長音喊出來辣辣火氣。最辛苦的是交通警察，八十分貝以上的叫囂聲中，手勢仍然沉穩有力。下班的人潮車流一定得紓解，這會兒可沒時間開罰單，葉華的車子就在黃燈閃動方歇，紅燈欲亮未亮的一剎那，扭腰閃過前車，跟上路口中央的龍尾巴。

「賺五分鐘。」葉華好整以暇的按一下喇叭，吹一聲口哨。

我笑笑，不輕不重的損他一句：「是誰剛剛說過，他家火燒厝的？」

「我家也是，我家燒起了火，煮出來香噴噴的，爸爸要回家吃的晚餐，這把火啊，燒到夜半的芙蓉帳內，席夢思上，春江水暖，啊哈，我——先知。」葉華敲著方向盤，胡亂扯著。

「未聞好德如好色者，孔夫子兩千年前就說到你葉華啦！」我還是頂他。葉華指點著街道兩旁往後移動的霓虹中最搶眼醒目的店招，天鵝湖、西湖春等理容院說：「予豈好色哉！予不得已哪！看看這麼多光明正大的誘惑，我可不像你，食古不化的台灣最後處男。」

這算是已婚的逗未婚的，我早習慣葉華的一張嘴。他寬容幽默機智，售車業務員中常常掛頭牌業績，有個溫暖的家，妻嬌子美，令人豔羡！我常去他家，看到的葉華的確是標準丈夫模樣。可是我知道，在某些方面來講，他又是不折不扣的浪蕩子，麻將、酒這些不說，有機會就想去「馬」幾節。交了這個理容院、油壓指壓店常客的葉華做朋友，除了這點不習慣，其他方面卻又脾性相投，不得不偶爾替他做幾面擋箭牌，到阿美嫂子面前圓個小謊。

去他家，他夫妻倆同心協力抬著槍口對準我，說我還留在江湖闖蕩實在是異數，莫非現在女孩子全沒長眼睛？眼前這麼個長身玉立典雅謙沖的儒俠，竟然三十來歲了還當王老五？

飯後，阿美伴著兩個小孩在書房做功課，我和葉華在客廳聯絡幾個可能購車的客戶，規劃明天的拜訪行程，一邊泡茶抽菸聊天，葉華突然面帶莊重說道：「小陳，奧麗薇有個女孩很配你，哪天帶你瞧瞧？」

「你又認識哪隻小綿羊啦？要真好，你早撲過去了，還能留下屍骨？」我指指書房門口，要他小聲點。

「說了你不相信，我第一次在指壓店裡碰上這麼特別的女孩。這個小曼死腦筋不開竅，搞不懂她怎會進這行業。」葉華聲音放低，聽起來還真有點情困的味道：「她長得倒不是豔冠群芳什麼的，但她氣質好，身材也沒話說，卻堅持奧麗薇大門上那個純字，說什麼也碰不得，許多不信邪的妖魔鬼怪豺狼虎豹，硬是讓她這觀世音給制伏了。」

「以前青樓女子，賣藝不賣身的也有，現代絕跡了！問題在於去那兒的人，都屬肉食動物，有哪一『隻』真懂『藝』？這女孩故作姿態罷了，賣肉取財，早晚的事，你還真信她？」

「不跟你辯，這方面的事你腦筋不轉彎！你跟小曼倒是一對，直覺，行吧？真想瞧瞧你倆碰上的光景？」葉華伸了個懶腰，又自個兒下結論：「一個濁世君子，一個風塵淑女，關在按摩室的黑房子裡……算了，你別去了，小曼會怪我什麼不好帶，帶了根木頭去。」

觀世音，這個外號給加到一個按摩女郎身上，簡直荒唐！這是第一次聽到小曼這兩字的印象。

0

年過三十之後，每當有人問我：怎不結婚？我的回答總是最流行的一句：隨緣。其實我不相信命定緣遇的必然性。我要篩選，以心思密織細網，淘洗珍珠，我得著，我將鍾愛一生，只慣見塵世遍野盡是粗礪沙礫，難引我彎腰下網罷了。

2

庫存車降低價位拋售和年底促銷活動正在公司熱烈展開，日系車種改型換型的頻率算高，三兩年就是一款後繼車種，其實換湯不換藥，安全氣囊、氣動煞車、防滑系統、皮椅和C D哪項不加錢？一些求時髦的車主，跟著流行換新車，這種現象除了表示台灣人真有能力當冤大頭外，更證明了日本生意人手段之高明可怕。

我和葉華被派往汽車展示場推廣業務，忙得很，我們的車都是熱門車，比起其他歐美冷門車種的業務員，葉華的笑容特別透出幾分趾高氣揚。

抽個空，我問葉華：「我們算不算日本經濟侵略的幫凶？而且幫得很！」

葉華被問得瞠目結舌，看著我的表情，活像一隻侏儸紀的恐龍正在他眼前搖尾巴一樣，好一會才狠狠的嘆口氣說：「你實在……好，葉幫凶現在問你，你有沒有香港腳？沒有？那香港腳搔起來又痛又癢又舒服的感覺，你能不能想像？日本貨就像台灣的香港腳，又恨又愛又難根治！懂了吧，陳文卿、陳幫凶！」

葉華後來又加一句：「把你書桌上的近代史燒了吧！什麼世代了，你還搞不清楚！」

滔滔世潮洪流，看來隨波浮沉省力多了。我突然想起小曼，想到一個畫面——人慾苦海上赤足踩踏一莖蓮花，努力平衡身子不讓墜海的聖潔觀音。

下午，葉華正在幾個小女生面前賣弄汽車專業常識，我搬了張椅子自顧遠遠的坐著打盹，反正車展的訂單，我和葉華共得利益，憑交情，我當然放心的偷個懶。那三個女孩都打扮得漂漂亮亮的，其中一個穿著一身雕花淺藍牛仔裝，包裹出凹凸分明的軀體，最是搶眼。這個時代營養充足，女孩子的發育和年齡沒有絕對關係，她長髮蓬鬆攬在一側，看起來有二十八歲的滄桑，而粉頸皙白亮燦，卻有著十八歲青春正豔的顏色，就她的聲音特別輕柔。我瞇眼慵睏傾聽她那鴿般柔軟的音符，愈飛愈遠，終至杳不可聞。

醒過來，是一根纖細手指圈成圓，叩響桌面把我叫醒的，眼前一張胭脂清淡的俏臉含笑說：「陳大哥，打擾你，葉大哥要拿張訂車單。」正是那嗓音柔滑的女孩。

「謝謝妳，妳真有眼光，我們的車子就要妳這樣的女孩來開，才顯得高貴摩登！這裡有桌子，身分證借我一會兒，我來填單子就行，您買的是——？」今天的第五張訂單，葉華的行銷能力真是沒話說。

「不用了，我哪買得起車子，買車的是我同事，我替葉大哥拉把生意吧！」語音不疾不徐，這女孩講話真好聽。我衝口說出一句略嫌輕薄的讚美：「小姐，有沒有人說過，妳說話的聲音好聽？」

這女孩細眉一皺即舒，微笑加深：「我相信你說出真心話，但，陳大哥，你可別學全了葉大哥的油嘴滑舌哪！」

眼前女子表情豐富細緻，一笑起來卻又有種明豔媚人的感覺，顯然她和葉華很熟，而葉華的朋友除了歡場女子之外，我都照過面，這女孩的身分可想而知。

我不相信我眼中閃過的陰鬱讓這女孩捕捉了，她拉開椅子坐了下來，說：「我姓李，葉大哥只知道叫我小曼，我在奧麗薇美容護膚廣場上班。我知道你想到了我們的身分，這讓你不安嗎？」

小曼，這就是小曼？我站得急了點，鐵摺椅朝後一翻，又被我按住，趕忙伸出手來，想想不對又縮了回來，心裡一方面想著，男人先表達握手的意思究竟是風度還是唐突？一方面腦中馬上浮起早上小曼的菩薩畫面，現在怎麼和這一身牛仔裝的造型搭配起來！等到心神略定，才要開口，卻一下子找不出任何一句得體的問答，我一定有點窘又有點慌，才會迭聲的說：「哪裡，怎麼會？怎麼會！請坐，請坐。」她微笑的抬頭望我，她這不早就坐著的嗎？我反應還算快：「請坐一會，我去泡杯茶。」

拿訂單給葉華，並且含笑招呼還在車旁的兩個女孩。買主叫沈玲，濃眉大眼發散著咄咄逼人的媚，另一個小倩，矮點胖點，嫌濃些的妝透著風塵味。葉華拉住我介紹，說：「沈玲，奧麗薇紅牌美容師，小倩更是。這個陳文卿，以後車子的售後服務找我找他都行，找他更方便些，比我年輕，未婚，精力充沛……哎！我是說幫沈大小姐跑腿的事，他沒問題。」

沈玲磊落大方中帶著幾分野，剛剛一拳搥得葉華苦臉愁眉，她伸出手來說：「陳先生，請給我張名片，謝謝你，以後車子出毛病，我真找你。」

「應該，應該，為您服務是我的榮幸。」我說：「請妳們喝茶，妳們先聊著。」買回來冰烏龍茶，拿給小曼時實在有點過意不去：「口快了點，這兒沒茶葉，沒熱水，烏龍茶代替，莫嫌簡慢，有機會一定請妳喝茶。」

「沒關係。」小曼安靜的說：「如果這算是一個邀請的話，我一定赴約。」

我突然有種掉入圈套的感覺，也算領教了歡場女子打蛇隨棍上的本事。可是這種感覺竟然不壞，甚至葉華在一旁放出一句把我套牢的話，更讓我覺得得體極了：「小陳，再不說出個時間地點，小曼真要當我們幹業務的全靠一張嘴了。」

「我請，我當然請，沈玲領車那天，晚上六點御書房茶館，茶和慶祝餐點我包了。小倩，小曼一起來。」我大大方方的訂下約會。

沈玲很優雅的拉提她的長裙，微微彎腰：「多謝捧場，一定到，不過，這究竟是誰沾了誰的光哪？小曼，妳有沒有答案？」一直沒什麼講話的小倩說：「我只知道，我去了，沾光的人就是我。」

小曼還是微微淺笑不答，我看看葉華，他正擺出一副隔岸觀火，繽紛好看的表情。

0

暴烈狂放和內斂沉靜並存，苦澀酸辛和甜美淡蜜同在，繁華深處的荒冷，孤獨尋覓淨土的熱切。我終於知道，為什麼詩人要拿出許多對立的文字來表達情緒衝擊，因為這種強烈的心思波動見證於男女之間時，另有一個美麗的名字：愛情！

3

茶藝館回來，拒絕葉華秉燭夜談的邀約，獨自回到租屋處，咀嚼葉華的話：「整個晚上，你的表現可圈可點，可最後一個句點沒畫好圓。我只想告訴你，別讓偏見傷害自己，傷害別人。」

用了平常排遣悶氣的方式，到頂樓吹洞簫，吹到不想吹為止！再拿著洞簫當短棍，鍛練拳術腿技，然後渾身汗溼的下來沖冷水澡。等到扭亮夜燈，書桌前坐了一會，那些方才飛散的複雜情緒，又慢慢聚攏來、結網！

我眼光盯著書架最旁邊的一本舊書《人性枷鎖》。彷彿見到裡頭那個掙不脫解不開情困的男主角，在文字幃中牽絆仆跌！為一個庸俗乏味的女人愛恨交纏，欲拒還迎，我一向瞧不起婆婆媽媽的個性，是男人就該當機立斷，捨或不捨都該全力以赴，才叫大丈夫。

在茶藝館裡，許多拙古藝品的擺設，顯現匠心和靈氣，燈光柔和幽悄，輕音樂在屏風布幔間緩緩踱步。小倩缺席，小曼、沈玲兩張俏臉在笠燈下，言笑晏晏，不著邊際的胡亂扯出一些當年踰牆攀花的小事，在在證明美豔女子宜喜宜嗔的許多嬌。

我承認我壓抑不下那心動的感覺！沈玲的美和話鋒都帶出銳利，但葉華談吐刁鑽滑溜，偏能遊走自如。小曼淡靜如春水微波，尋常話語出自她口中，總讓她柔媚音色妝點得生機盎然，我是偏向小曼多些，接續她話頭時老露出情生意動的馬腿。葉華和沈玲幾次四目相投哈哈大笑，只把小曼笑得暈生粉頰，欲辯無言。

而我很清楚，心中猶有一匹疑惑的厚重簾幕，遮攔我滿腹欲吐的情意。眼前白蓮般的女子，是真是幻？在暗夜深處，她的職業將把她裝扮成一個我不了解的歡場女子，從容周旋在獵食夜鷹利爪之下！哪一個才是她？

分手前十五分鐘，小曼和沈玲交換一下眼色，進入洗手間化好妝穿好奧麗薇衣服出來時，我覺得我找到了答案，足夠支持我當機立斷！短裙絲襪，亮出大段粉嫩的腿部曲線，低胸罩衫寬鬆，微一俯身，丘壑立現，那是多少浮華男子情願葬身之地！腮紅眼影眉線唇膏，所有輪廓加深打亮後，竟是散發出魅惑邪豔的另一張臉！

沈玲爽氣的收場：「陳大哥，謝謝你今晚招待，賓主盡歡。你買單啦！我和小曼趕著上班去了。」我一笑揮手：「先走，不送！新手上路，開車小心點，小曼，妳幫她看好路。」

葉華起身相送，小曼略一遲疑，看我墊著靠枕，倚得意態闌珊，也就沒開口，一直走到門前，又回頭看了一眼，電動門一開即關，一張盛豔花顏終在最後一剎那，墜入一街燈喧流火間。

我沒讀懂的就是這一眼，如怨如慕如訴的眼波讓堅持不說再見的我，獨自中宵未眠，沉吟深更。

推開窗戶，午夜的市街漸已沉寂，偶爾遲歸的輪聲，劃破暗夜，由遠而近而遠，一彎弦月，鉤住樓影銳緣，淒冷無聲。

0

或者，我一直沒有深切了解，愛情可以是清水中的那一匙白糖，可以是笑靨裡那顆眼角淚珠。

也或許，我一直站立在絕嶺巔峰上，望蒼穹雲霓，觀大河落日，尋找逼入胸懷的壯美。我並沒放棄執著，但逐漸逐漸絕望。

低下頭的剎那，我終於發現，猙獰岩隙石縫中正有一株幽蘭，半掩在蔓藤枯木中寂寞的堅持溫柔！

4

辦公桌上，一方淡紫蘭花信封。

細瘦字跡，纖纖弱質，在應該寫回郵地址的空格裡，只孤伶伶的寫了兩個字：小曼。

葉華看到信，搖頭微笑說：「現在電話電傳，已經消滅大部分寫信人口，小曼相當特殊吧？我還在奇怪，你們這一對珍禽異獸怎會不來電。」

「以前我在奧麗薇露面，小曼總會過來和我聊幾句，也每一次都怪我光說不練，沒把你帶去讓她見識見識。這次好不容易見了面，還在茶藝館眉眼相對窩了幾小時，反倒成了陌路。」葉華揚了揚手中信：「我喜歡守口如瓶的女人！素心相贈，悄無言語。原來當初嚷嚷的不算，這會兒才來真的，小子，還不招供？」

我習慣不答話，葉華也習慣逗著兜著話頭自己打圓場，有時我會是木頭人，有時是心機深沉，莫測高深的藏鏡人。可是葉華這次沒下定論，我這些日子來困惱的情狀，原也沒能瞞過他。

只是一種思念，淡渺遊走在拒絕與接受之間！甚至在惋惜和唾棄衝突最深的時候，那股情緒的遊絲仍未斷絕。許久以來，自認理性思唯足以解決自己一生大大小小的疑惑，對於這份牽扯到幾乎有些心痛的情絲，我也仔細分析過。我確定陪沈玲買車時的小曼，給我極佳的最初印象，甚至無法掩飾追求之意，直到茶藝館臨別，沈玲和小曼以夜妝面目出現，觸犯我典雅完美的性格！我追求的女子，絕不會是屈服在情慾或金錢陷阱中的奴隸！

和同事去過一次理容院，一節一小時一千二換來個素不相識的女子陪坐一旁，互相請教名和姓後虛假的熱絡起來，開始捏手搥背按摩。同事和另一女子一前一後往樓梯間走，還回過頭來朝我說：「更上一層樓，風光更美麗。」我當然知道樓上鐵門後的小房間是幹什麼的，只是我有一刹那的嫌惡！性愛如此毫無遮掩，卻自誇風流，依我看只受動物求偶的本能驅使罷了，甚至更惡劣些。禽或獸忠於繁衍後代的天職，總還選擇一定的季節，這些尋歡客呢？

替我按摩的小姐看得出來僅是敷衍，她終於指了指樓上問我：「要不要休息？」

「多少錢？」

「先生沒來過嗎？還要問！」

「在這裡不是挺好？難道樓上賺錢比較容易？」

「別傻了，到這種地方的客人，為什麼來，我們不知道？你上不上去？」

我當然不去！付了節數我放同事鴿子。我如此判斷，不管換了理容美容護膚指壓的名稱；不管如何標榜純正清白者，全是睜眼說瞎話！男為色，女為財，都不能——原諒。

拆開信，小曼蘭花箋上只短短的一句：「對自己負責，對別人公平的答案，永遠需要經過求證。我在奧麗薇等你。」

去找葉華，我問他奧麗薇的地址，葉華說：「那些場合，我不鼓勵你去，但為小曼，我陪你走一回。」

0

情牽不等於思念。

思念強烈，情牽淡美，思念像潮，一波波撞擊嶙峋的心情海岸，情牽像霧，一層層剝離消散，直到你看清楚夜來遺落的那顆明珠，晨光中一閃的晶瑩！

5

葉華找停車位的時候，我就站在奧麗薇門口騎樓下，墨色玻璃上白色的一個純字，底下藍亮小字寫著：男女美容護膚廣場。

葉華下班前突然拿了張奧麗薇的名片給我，叫我自己去，是我拚了命把他給一起架過來的，葉華意外地說：「聽你說去過那種地方，莫非騙我？我還以為你什麼都懂，原來也有臉皮拉不下來的時候！」我承認，一次經驗的確讓我不敢面對男女性愛以買賣方式談論和實踐的醜陋！

連站在騎樓底下，都有點心虛情怯，手腳無處安放的感覺。我點了根菸，深深的吸口氣，讓心跳正常些，神情老練些。葉華還沒到，市區的停車位愈來愈難找，有時候想「違規」停車一下仍不可得，造成這般過度擁擠的現象，我和葉華不知該不該負些責任。就在胡思亂想的時候，奧麗薇門口打開一條縫，一個看來幾分流氣的少年探出頭來喊：「大哥，外頭風冷，入來裡面休息。」我沒理他，門關上一會兒又打開，那少年這次改了口：「陳大哥，小曼姊請你入內。」

一進門，燈光還算柔和，就那長沙發上七八雙白臉鑲著的大眼睛和脂粉味，強烈懾人！耳裡聽得兩三聲陳大哥，其中最清最甜的傳自身後的櫃台，是小曼。

「陳大哥，歡迎你來，阿豪！倒杯茶來。」小曼笑盈盈的說：「我是奧麗薇會計，請問您要找哪位美容師為您服務？沒有熟人的話，我可以幫您介紹。」

我是來找小曼的，可是她卻是在櫃台裡，顯然和坐在沙發上的小姐身分不同，而且小曼故意把我當一般客人招待，讓我很不習慣！我回頭看看那些美容師，認出小倩，渾圓微胖濃妝豔抹，那微笑卻有說不出的親切。她伸出手朝小曼點了點，眨了眨眼睛，我了然於胸，大聲宣布：「小曼小姐，我要妳服務。」七八個小姐一起抬頭，看好戲的表情，有的甚至掩口偷笑，我接著問：「手續怎麼辦？」

這話一問，幾張粉臉一起唇開齒張，嗤嗤有聲，我本來就不懂規矩，這些點名叫小姐的規矩，我可以不屑學它吧？

小曼含情帶笑，走出櫃台，挽著我的手臂說：「不要理會那些瘋丫頭，也不用辦手續，跟我來。」

幽幽暗暗的通道兩旁，隔出十幾個房間，有幾間門上把手掛著請勿打擾的牌子，小曼把我帶到最後一個房間，打開壁燈，屋子裡僅擺著一張單人床，一張椅子，還算清爽乾淨。小曼說：「你先坐一會，我馬上來。」

「葉華呢？他還在外面停車。」我有點遲疑，有點膽怯。

「別管他，外面，裡面，他都熟得很，不會迷路。」小曼一笑出門。

我把壁燈調到最亮，坐在椅子上，淺粉玫瑰壁紙，映著暈黃燈光，散發淡雅溫暖氣氛。

小曼端著臉盆進來，要我躺在床上，幫我擦臉洗手，又把燈給調暗些，然後由脖子肩膀開始按摩，十指循著筋絡，一路彈跳搓揉按捺，微闔著眼，我感覺小曼指尖傳達的堅定與溫柔，甚至她因用力而輕細微喘的鼻息，流盪到我臉上，波波湧湧把我推入一個不很真實的夢海邊緣。

「既然妳是會計，應該負責櫃台帳目，我指名找妳，會不會增加妳的負擔？」我看著小曼額際的汗意，阻止她繼續按摩，提出心中的不安和疑惑。

「你的確沒經驗。」小曼舒了一口氣說：「任何一家店，只要客人堅持，會計也得兼美容師，有的客人甚至專找會計服務，認為她們比較清純，哈！」

「妳的感覺呢？」我情緒有點低落，我並不喜歡小曼口氣中的炫耀或得意。

「男人的尋歡心態原本如此！我才要問你們男人的感覺呢？要清要純，女朋友和妻子不就是，偏往這地方跑。」

我氣往上衝，差點說出：「是妳寫信叫我來的。」忍了忍，沒開口，燈影暗淡，小曼俯身審視我，漾滿笑意的臉龐，濃妝看起來明亮柔和些，卻彷彿透著幾分妖媚：「陳大哥，你生氣了嗎？」

「沒有！只是我無須替尋歡的男人辯駁什麼，也幸好有這些男人，不是嗎？」

「你還是在生氣！」小曼抓住我的手搖了搖，卻不放手，一邊數著我的手指頭，一邊低眉垂眼說：「看到你來，太高興了嘛！我若把你當一般男人，也不寫那封信了。」

「也許交淺言深。」我輕輕抽回手：「小曼，肯不肯告訴我，為什麼進這行業？」

「錢，不是開玩笑！我想利用較短的時間，賺較多的錢。」小曼輕聲而堅定：「我的外表和年齡，讓我有信心可以得到我想要的，但我不急，也堅持原則，我做純的。」

「怎麼個純法？這行業可能讓妳獨清？」我為如此答案心驚。

「可能！當受到同事排擠或老闆施加壓力要我放棄原則，至多我換別家再試試。純？當然就是純按摩，陪客人聊聊天，要動手動腳，要買鐘點外出，甚至要求上床的，全部封殺，就這樣！」

「不是不相信妳，但時間呢？一個人在大環境下耳聞目睹，薰習日久，觀念上很難不被改變。」

「半年來我沒變壞，今後的一年二年我覺得更有把握。陳大哥，我把它當做一般服務業，說了你別多心，就像你的工作一樣，好客人壞客人都會遇上，在原則內判斷取捨，只要夠冷靜夠理性，是不是？」小曼冷雋剖析，聲音仍然清冷悅耳：「我一直沒有跳槽到別家，表示這圈子仍允許堅持清白的人存在，我必須因為這點對我的客人心存感激。」

「對客人感激？大可不必！哪個尋歡客不是下流當風流？誰會真去體諒他們的對象，也是有血有淚，有情有心！」男子尋歡，女人賣笑，人世這環醜陋的圈圈，隱藏多少罪惡？我不認為該鼓勵。

暗室傾談，可以說僅止於觀念上的溝通，我有些驚心動魄！一個外表嬌柔的女子，投身人慾洪爐，她仗持的只是人性深處一點未泯的真心善念，如果她遇上的客人中有一個特別惡質，處心積慮圖謀於她，我擔心她是否逃得過？大海邊緣一失足，將是身心俱毀的劫數！社會新聞版上，這種報導又哪裡少了？小曼的理想是自己買間小套房，脫離令她窒息的貧困記憶，成就一個亮麗光鮮的單身貴族，也唯有亮出一身自信，才肯談婚姻！她認為如果自己無法面對人世風雨而坦然無懼，藉攀附愛情之舟，行向婚姻避風港，鐵定無法幸福終老。

我可以同意她窮苦出身而立定的目標，但我不苟同她選擇這條急切的路子，也不贊成她把愛情認定只是一種庸俗女子的手段！一個晚上下來，我總算了解，儘管這些特定行業給人不潔的印象，卻仍有堅持清白的女子在其中遊走，取得厚利，這也算是新世紀的一種奇觀！依小曼的說法，雨後春筍般一家家店面開張，表示社會風尚如此，不足為奇。

我反對！但反對沒有用，我要小曼離開，她開玩笑的說：「那你幫我買房子嗎？」

我答應了，但那房子我也要住進去。小曼牽著我的手，說得情深萬種：「陳大哥，我非常相信我的眼光，你就是女孩子夢寐以求的伴侶，我不會放棄你！但現在不行，我還有許多事要做。」

初次的諾言，也是爭執，唯一確定的是：我和這風塵女子，將有一段愛情故事，逐漸展開情節。

0

面對太多陰鬱的生命，一盞熱血燃炙的心燈，能散布多少光明與溫暖？

苦海無邊，慈航一舟，爭渡的都是些善男子信女子！當諸神袖手，我悲傷的覺悟：我只是一個——人！太多躲在角落哭泣的生命，我無法一一為之拭淚！

6

我開始不定期的找小曼，有時去她店裡，有時相約在她上班前先聚聚。

和那小伙子阿豪混熟後，小曼才告訴我，他和小倩同居！後來和小曼去過小倩的套房，一個月八千的房租，現成的家具和室內裝潢，稱得上雅緻，但阿豪和小倩顯然沒心思整理，忙什麼呢？兩個不到二十歲的少男少女，大把時間都拿來玩樂嗎？

小曼說：「這一對確實讓人擔心，小倩國中畢業不久就進了這行……原因你別問，無知少女被騙失身的事還不是你們男人造的孽！有了阿豪，小倩現在算做得比較收斂了，但阿豪還沒服兵役，心性未定，小倩，唉！未必抓得住他。」

「我說小曼，妳幹嘛說抓？好像現代女孩子對待愛情強悍多了！就像現在，我這不乖乖的走在妳旁邊，妳還真一路緊抓不放。」從小倩住處出來，小曼一直悶悶不樂，我忍不住要逗逗她。小曼斜眼瞪我，既嬌且嗔，手抓得更緊！

因為小曼的關係，我知道收斂和開放指的是什麼。一個歡場女子，為了把持捧場的客人，會適度容忍客人的輕薄，這已算收斂，開放也就等於有了肉體交易行為，賺錢雖快，自尊、人格的斲喪，卻也難有彌補機會，意志不堅和自暴自棄的女人才會走上這條路！小倩在最消沉的時候，曾經放縱的凌遲自己，只要客人還順眼，價錢談妥，帶出場，宵夜、跳舞、酒與色一齊來。然而，她的開放，終究讓一些圖她鮮嫩的老客人很快厭倦，男人這種鄙陋的獵豔心態，正好讓以肉體為籌碼的女子引以為戒！

這麼問過小曼：「一般來說，你們這一行尺度如何？」

小曼答得輕描淡寫：「手呀，臉呀，膝蓋呀，有氣質點的客人，低下頭給摸摸頭髮就行，惡劣點的會要求撫摸胸部，沒有情意滋潤的肌膚接觸，有什麼意思？」

「妳呢？妳堅持不讓客人碰妳，會不會得罪客人。」

「如果客人要的就是那調調，這種客人我拒絕服務。大多數還好，我恭維尊重他們的風度，他們也會拉不下臉來動手動腳，其實，有些客人很可憐，他們只是花錢來叫個人聽他說話，尊重他服侍他。但這很辛苦，我必須真正的按摩，客人多時，我手指頭痠死了。」

「可是，暗室相對，孤男寡女，萬一客人定性不夠，獸性發作，以強迫手段侵犯妳，這可能嗎？」

「那機率不大，而且不易得逞，因為房門沒鎖，且爭吵聲大了些，店裡會有人來處理，引起客人犯意，通常是小姐們的態度誤導他們！但其中拿捏，唉！總要一段時間親自體驗了才懂。」

每一行業，都有他們辛苦的地方，而最是風塵女子，忍受或遭遇的屈辱最深！

小曼說：「小倩跟阿豪同居，明知前路波折尚多，結局未必圓滿，但小倩只能顧著眼前，眼前有個人能逗逗她陪陪她，累了倦了流淚了，有個溫熱的胸膛讓她靠靠，別人說她養小白臉，我覺得她心甘情願。她也計畫著要在阿豪當兵期間，為他賺一筆創業基金……你能說她錯嗎？至少她還有希望。」

「有時候，我會覺得我這人冷漠無情！小倩的一生命運如何，在我未知時無法幫忙，在我已知時也使不上力去改變她！我對小倩的關心，就像面對一個殘障乞丐，噹一聲丟下銅板，一種心疼一種無奈。妳不同，她聽妳的話，正該妳扶持她。」

「小倩，唉！她從蹺家少女開始，自己摸索出一套生存法則，觀念習性養成已久，你不知道她多倔強！要勸她改變她，其實很難，盡力囉！」

走在市街騎樓下，鞋店服飾明亮的霓虹，把夜點綴得繁華豔媚，小曼需要回家準備上班，但我們還捨不得分手。我很清楚，就如同小曼也很明白，我們彼此吸引，彼此懂得對方眼中情意，也各自替對方留下迴旋的空間，讓情愛的溫度降低到足夠冷靜的觀察這一段必然的愛情——甚至婚姻。

當小曼倩笑如花，仰頭看我時，我總要深深吸口氣，才能克制親吻她紅唇的衝動。

0

有人相信，並且實踐，遲到者沒有座位。

世代變了嗎？現在的遲到者，可以數著墨香未褪的鈔票，笑吟吟的走進華美尊貴的屋子裡，躺下來。

什麼世界？連情婦也可以是一種職業！

7

半年來，銷售業績緊追葉華之後，我倆成為公司眼中的寶，葉華和阿美嫂子最常在我面前打趣的一句話就是：愛情的力量。

耐性、親和力、樂觀自信，甚至說話也變得婉轉穩實，他們全歸功於愛情，葉華說小曼調教有方，像當初阿美教他一樣，阿美嫂子也讚美小曼有大家閨秀的氣韻兼小家碧玉的嬌癡，他們口口聲聲的好，只有一個目的——要這對已經好得蜜裡調油的金童玉女，層層套上枷鎖。

在阿美嫂子面前，小曼並沒有瞞下她的職業，我也交代過小曼是我客戶的朋友。葉華有段時間在奧麗薇和沈玲走得很近的事，就不得不瞞下來，當時雖說他倆異口同聲不玩真的，卻總讓我和小曼捏一把冷汗。我勸過葉華，他篤定得讓人生氣：「有孩子，有妻子，我還不懂適可而止嗎？安啦！」

「對阿美而言，公平嗎？她曚在鼓裡甘甘願願照料你的窩。」我知道不該提出阿美，但實在是不放心。

「我在工作上賣力，目標放在安頓好一家老小，工作之外的娛樂，是我充電的方式，而且，我並沒騙阿美一句半句，只有些事沒讓她知道罷了。我向你保證，我連背叛的念頭都沒生出來過。去！阿美都不來說我，輪到你來多嘴。」葉華做了結論。

沈玲和葉華並沒熱多久，沈玲跟一個劉姓商人出國旅遊，回來就辭去奧麗薇的工作，穿金戴銀，安心做起黑市夫人。她的車子進保養廠時我跟她聊過，記得她說：「以前在奧麗薇要應付許多人，現在換了只服侍一個人的工作，薪水更高，也更自由，說好一年續約一次……陳大哥，你不會聽不懂吧？」

葉華也知道了，找她出來吃個飯，沈玲拒絕赴約，理由是這一年她只對一人忠心，這是起碼的職業道德，至於當了人家情婦，還養小白臉，那是自砸飯碗，沈玲笑著說：「葉華有家有眷，少來招惹我最好，要嘛一年後再來。」

不是知己，難問知心話，或許只是我多思多想的心情作祟，一個口口聲聲甘願過情婦生活的沈玲，我似乎瞧得出她隱藏在歡顏下的淚意！

和小曼相識相知，讓我體驗了在此陰暗層面人間男女的掙扎，也探觸到一些人性中放蕩慾求的真相。浮華世情裡，我的小曼卻總給我一種堅定的形象，然而，在我落實婚姻之前唯一的障礙，卻也是她的堅定！她不肯離開奧麗薇，我不願自己的妻子婚前婚後仍在那間幽黯斗室內和其他男子單獨相對。

「沙文主義！」在我書桌前，小曼把我的手拉過去，放在她柔軟的胸口上，語音更柔更軟的說：「你急嗎？如果你現在就執意要我在工作和男朋友之間做抉擇……我還是會選擇你。」

小曼知道，我這人從來不給人壓力，她當然敢這麼說。

0

生命可貴，愛情價高，若為自由，兩者可拋！

視婚姻為牢籠的人，一定同意，但我為了保有牢籠，卻幾乎把命給丟了！幸好愛情，愛情還在，險巇多變的這個人間世，愛情，真是唯一的指望了。

8

婚後，小曼最喜歡推開我覆額的髮梢，親親暱暱的吻著我前額上方的疤痕。

葉華愛糗我刀疤陳，可惜這個刀疤陳闖蕩江湖多年，鋤強扶弱，卻因一念之仁，差點陰溝裡翻了船。阿美嫂子文雅些，說什麼英雄當護花，勸我改名陳三桂，說當年有個吳三桂衝冠一怒為紅顏，把個大明江山都斷送，今日有個陳三桂，為了紅粉知己，差點把身家性命全拋棄，有時候在葉華家聚會，阿美還朝著小曼直喊圓圓。

因為頭上這個傷疤，小曼放棄她最想完成的夢：一間小套房，一個亮麗自信的單身貴族。在醫院裡不眠不休的陪伴我，驚動她父母前來探望我這素未謀面的女婿，也和我父母淚眼對淚眼的相求，請他們接受她這個媳婦，不管我會不會醒來，會不會成為植物人，她都甘願照顧我，一輩子！葉華、沈玲、小倩和阿豪，每一個來探望我的人，都得先安慰一會兒小曼，才輪得到我。

這麼多精采的情況我卻無緣目睹！只因我足足昏迷了半個月。

自昏迷中醒來是一件挺奇特的經驗，思考能力未聚焦的時候，情緒感應已經又直接又新鮮。小曼那張清瘦憔悴的臉首先映入眼簾，然後逐漸變得遙遠，只耳際傳來山高水遠的呼喚聲，說不盡的情切斷腸，也說不出的悅耳嬌柔，再次睜眼，我才真正醒來，只覺得臉上微痳微癢，卻是小曼緊貼著我的臉頰，一顆顆淚珠直往我鼻翼兩側淹漫，再由我嘴角下滑，落入耳後頸項。

我好像把她稍稍推離，說了句：「小曼，妳的聲音真好聽！我聽到妳在叫我。」小曼一聽，更是痛哭失聲。

然後，我記起來另一張小曼的臉，雙眼突然睜大，張口欲叫，一張驚恐欲絕的臉。

如今，我當然能連貫起整個事件的始末！在奧麗薇，我和那個被稱為楊老大的胖壯漢子幹了一架。那傢伙財大氣粗，明明只是幾家五金行的店老闆，卻喜歡在酒後耍江湖氣概，小曼替他按摩過一次，發現他格調不高，後來也委婉的拒絕過幾次。第二次小曼答應替他服務，是因為他保證不動手動腳，關上房門後他卻來橫的，小曼和他翻臉掙脫出來，連衣服都被撕破了，這傢伙竟然老羞成怒，追到櫃台破口大罵，阿豪勸不住他，整個奧麗薇正熱鬧滾滾時我恰好進門。

還沒搞清楚狀況時，我彬彬有禮的先請他息怒，他不聽！等到我問明白了，仍強捺住性子讓小曼向他賠罪，他竟然還指著我鼻子問我混哪裡的？敢攔他的事！就這樣的，我一頓拳腳把他揍扁在沙發上喘氣，阿豪擰個熱毛巾過去幫他去淤血，我低頭在櫃台上安慰小曼。那傢伙真是暴力，拿了張鐵摺椅，在滿屋子尖叫聲中朝我衝過來。

看到小曼的表情，我轉過身子，其實我還來得及蹲下或閃避，只要身子比櫃台低點就沒事，偏在那一刹那想起身後站著的小曼，砸我還是砸小曼？這念頭還沒想完呢，我腦門轟的一響，世界就在微醺薄醉中離我而去！

小曼說，那段日子終於讓她明白，什麼才是她生命中最最珍愛的。

我呢？醒過來的世界笑瞇瞇的看著我訂婚結婚蜜月旅行，再過來就開始忙著買房子，付貸款，追客戶，這世界又恢復以前那種匆忙急促的手勢，推著我奔波。

唯一不同的是一下班，我通常會直接回家，因為小曼早在電話裡用她那又嬌又媚的聲音誘惑我：「老公，晚餐的菜單聽來……」

那聲音比葉華無可奈何的嘆息聲好聽多了！葉華自從少了我這泡茶抽菸打屁的死黨後，老在我耳邊嘆氣後重覆一句：「好個刀疤陳，重色輕友！」

獵狐計畫

狐，音胡，哺乳動物肉食類，形似狗，性狡詐多疑，狐疑兩字即說明其探頭縮腦，遜斃了的一副糗樣。遇敵則挺肚發出臭氣而逃，其臭難當，故有狐臭之說。舉凡狐假虎威、狐群狗黨等有關狐字之成語，都不討人喜歡。狐狸精更是！那是最讓世間女子牙根發癢的另一種動物。

行動一：忍他，讓他，不管他

關於狩獵的事，其實老早收藏在記憶箱的最底層，如果把那層灰撲撲的歲月塵埃撣一撣，隱約還能記起，我彈弓打得神極了。燕子老鷹飛得太高不算，厝角麻雀和成群在低枝上蹦跳的青啼仔，一顆兩顆沒中，三四五顆小石頭總能擊落一隻！在小眉小眼的童年圈裡，理所當然成為隔壁鄰居黃毛丫頭崇拜的偶像。

話頭牽得遠了些！我要說的是，我現在不當獵人了！飛禽走獸為地球村添出活潑生機，人類何苦趕盡殺絕？再者，因為年歲漸長之故，近來頗有幾分慕佛向道，血氣殺戮能免則免。但獵狐計畫──對不起！我非執行不可。

其實我要獵的是「人」！以狩獵的手段去緝拿一個狡詐如狐的傢伙。

我人在山中，離家一百零三公里，某日清晨，電話聲直直闖入夢土，掀我棉被，喊我起床，妻子在線的那頭用飽含怒氣的聲調趕走我僅剩的一點慵懶：「老公，我的車子讓人用鐵樂士紅漆，噴了許多髒話？」我直覺反問：「寫什麼字？」妻愣了一會兒才說：「歹勢喔！彼款話阮講袂出來。」

油漆拿松香水擦洗，幸好只噴玻璃，總算還能恢復原狀，至於妻抱怨留在手上和心上的痕跡，我勸她忍了，認了！原諒那個惡作劇的傢伙。反正平常也沒什麼機會證明咱夫妻倆的恢宏寬大。

第二天，電話來得更早，妻沮喪的鼻音說明剛剛掉過淚：「又噴了！這次沒噴字，但一大片紅漆很難處理，你回來一趟吧！我先騎摩托車上班。」

我忍住了不跳腳，從停車位置擋到人家出入口沒有，一直問到有沒踩到人家貓狗寵物尾巴之類的事，把妻問得化悲憤為力量，摔下電話筒！

從那一刻起，獵狐計畫開始在我心中勾畫藍圖。

那賊子果然狡猾，連著兩回行事，不留任何蛛絲馬跡以供追查，但除非他就此金盆洗手，否則，藏鏡人總有露出真面目的時候。我一向認定：正義，必勝邪惡。

三人行，必有我師，這話一直很適用我的虛懷若谷。請教同事老雷，他霹靂啪啦的拿出省罵國罵表示夠朋友後說：「抓呀！抓著了海K一頓再送警察局！我那部新車牽來三天，還不是讓人拿釘子給刻了一朵花。」原來同病相憐兼同仇敵愾，他終究沒找出來仇敵！

再請教老莫，有啥好法子能獵狐，他說：「一隻好獵犬不見得能抓得著一隻狐狸，但十隻土狗圍上去，狐狸保證跑不掉！你不是說你車子放在花園公寓內的停車場嗎？我教你一個方法，拿一罐同顏色的漆，你也去噴它十部車，一次就好，你就多了十條土狗幫你找狐狸了。」

這簡直……算了！當我沒問。我又去找宋高僧，他精研佛法，智慧神通應能超越俗世凡夫，他說：「先別動無名火，種惡因者終將自食惡果。布袋戲講過，忍他，讓他，不管他，看他能如何？你的道德修養一向挺好，在這事上卻不如木頭尪仔，阿彌陀佛。」

佛法無邊！一百零三公里的路程，我果然心平氣和的回家幫老婆擦車子。等到我沾滿兩手黏膩紅漆，看愛車依然不乾不淨！那股無名火又烘烘的燒起來，金剛也有怒目時，禪宗硬要頑石點頭的法門，甚至用得上當頭棒喝。車擦著擦著，心中最想做的一件事就是——拿根大木棍朝那狐狸頭上狠狠敲去！

忍他，讓他，可能的結果是他更囂張，更惡質！漫燒胸際的正義之火烤過曬過，獵狐計畫於焉成熟。

行動二：守株待兔的啓示

那個守株待兔，導致田園荒蕪的笨農夫，他蹲在樹底下的時候腦袋瓜子裡會有什麼念頭？

期待一頓豐盛的晚餐嗎？野兔皮毛油滑水亮，琢磨著給山妻做條披肩嗎？他千思萬想，一定不肯想到兔子不來怎麼辦！或者，那是一種約會型態的癡心。總覺得再等一會，說不準就出現了，然後五分鐘，十分鐘，一兩個小時過去了，眼底蘆芒翻飛過一季又一季；青絲白髮在等待中悄然轉換顏色，那是一種甜蜜的堅貞，悲涼的深情。

獵狐行動我同樣選擇等待，但我比較聰明，我把車子停在路燈照射不到的地方，然後躲進後座，舒服的躺下來等。冷月寒星透不過車頂鐵皮，蚊蠅嚶嚶，隔著玻璃也騷擾不到我，暗色隔熱紙更能讓我放膽視察周遭動靜而不愁被人發現。一切就緒後，我睜眼看著夜露慢慢潤溼車窗，慢慢旁邊有人停車下來，各自返回溫暖的家，最遲歸的是那部計程車，下來一雙黑色網紗絲襪的長腿，優雅相伴另一雙踉蹌醉意的白球鞋，也各自走入夜色裡。花園公寓社區十幾戶人家，十幾部慣停的車子已全數就位，寂天寞地裡，終於只剩下我這個狩獵者和一隻專挑暗夜活動的狐。

自囚於閉鎖車廂內，除了想想那個守株待兔的故事外，更多的時候，我想的問題比較嚴肅。

以車子的高度和噴漆的角度計算，做這事的人絕非無知孩童，我不肯縱容的正是「明知故犯」這點心態！一個祥和社會形成的必要條件，應是社會上每個成員共同遵守既成的規範，也就是說，情理法三者不能悖其一！行住坐臥，有法有序；待人處世，心存厚道，我覺得做起來一點也不難，那麼，為什麼這世界依然故我？社會新聞版從來不缺稿件。究竟哪裡出了差錯？

譬如我，明明氣得快吐血了！心裡仍然時刻警惕，抓到的時候千萬別動手，好言好語查明對方故意找碴的原因就好。果真有什麼觸犯過他，甚至向他賠罪都行，苦口婆心總是希望，莫要增添社會暴戾之氣。

車內空間讓夜寒凍得冷霜霜，我縮手縮腳蜷曲如蝦，有點餓，有點冷，但因懷抱一顆溫熱的心，我還是睡著了，而且睡得安穩極了。

然而，一個出色的狩獵者，自有機警敏銳的天賦，即使沉溺幽深夢海，車窗輕細傳來喀咔兩聲微響，我仍然在第一時間翻身而起，蓄勢若豹！凌厲的眼睛穿透霧氣朦朧的車窗，一看——一個緊拉著厚重睡袍的女子，恰好湊近一張輪廓分明眉目姣好的漂亮臉蛋。

凌晨三點，獵狐行動告一段落！我開車門出來，和妻一起裹著那件睡袍，沿途驚天動地的連打許多噴嚏之後，回到屋裡。

妻一邊泡熱牛奶，一邊埋怨我：「跑到車裡睡，也不帶條棉被，感冒了怎麼辦？那麼怕打針的人，別抓了吧！明天你還要上班，喝完牛奶趕快去睡……」

其實用不著催，妻泡好牛奶後找來，我倚著沙發早睡沉了。

行動三：誘捕連環計

我的車跟著我奔回山中工地，妻的車還留在滾滾紅塵——山中林深崖險，車子停好蓋好什麼事也沒，都會行車泊車擦擦撞撞危機四伏，除此之外，還有我急欲獵捕的狐狸這等厭物，伺機破壞！

實在不放心，我早晚各一通電話查詢，連著兩天，妻幸福的告訴我：「沒事，沒再破壞，也許他天良發現，知道那是不好的行為！」我點頭稱是！人性原非不可救贖。

第三天，妻雙門跑車前後三支雨刷全被強力扯斷，妻觸景傷情又打了電話：「可不可以報失竊？雨刷不見了！一定是同一個人做的。我……我思前想後，千真萬確沒得罪人哪！」

我仰天長嘆，憂愁的，心疼的任由剛雕塑出來人性美善的瓷娃娃，哐噹噹摔成碎片。

是可忍，孰不可忍？

說到報警，綜合同事朋友意見，決定不必白費唇舌！台灣人民保母尋尋覓覓，幾年來失竊的機車轎車查無所獲者，疊起來怕有玉山那麼高了。滿街跑的機車轎車至少三成，身上或多或少留下狐狸爪印，哪個報警去了？三兩隻雨刷這等雞毛蒜皮的事，勞煩人家怎說得過去？豈不是暗示人家全吃飽撐著沒事幹？不信公權力的無微不至，有人建議何妨請保全人員夜夜監控，或者架設自動攝影機找出禍首，說的人不痛不癢，花錢的人心疼，我一一否決！

我那深得人心的老闆，適時拍我肩膀說話了：「小陳啊，你感冒不是還沒好嗎？請兩天病假回去，我教你個方法試著瞧瞧。」

回家，依照上級指示，我和妻絞盡腦汁，寫了兩張義正辭婉，情真意切的告狐狸書，貼在前後車窗，書末留白，置老闆相送的簽字筆壹支，請他將因果緣由寫下，車主誠心接納溝通。

重返山林向老闆銷假，我呈上相片數張，裡頭全是車窗玻璃的特寫鏡頭，大大小小共計二十來句幹——後面兩個字，我那老闆一邊看，一邊直搖頭：「簽字筆呢？寫完了也拿走了？唉，怎會這樣？」

韓愈時代的鱷魚知書達禮，現代社會許多病態狐狸冥頑不靈，讓人氣結！

一計不成，二計又生，這次有點江湖味的朱兄弟說：「這種垃圾，你尊重他，他當你軟柿子捏！擺個陷阱，像我朋友一樣，再試一次，非讓他踢到鐵板不可！」

他朋友新買一部賓士車，心肝寶貝般珍愛，有天在一家商店門口暫時停車，回來發現給人拿硬物刮了一道痕跡，他不動聲色記住了那家商店招牌，隔個兩天他又回到原地泊車，車門一開走到對面街角，隔了一會，那家店主人小老鼠似的溜到車旁，拿了個酒瓶蓋子，吱一聲朝車門鈑金刮了下去！說時遲，那時快，賓士車內鎂光燈一閃，車門打開，朋友老婆和他當刑警的弟弟出來了，人證物證和執法者齊備，傻了眼的店主人賠了四萬塊和落得街坊鄰居從此斜眼相看。

闖蕩江湖，恩怨是非如此這般快刀亂麻，聽來真是爽快！

下班後飛車趕在華燈初上時分回到都會紅塵，把如何設阱擒狐的陰謀，細說端詳。妻有點遲疑，說她不習慣埋伏的事，萬一對方拔腿就跑，追是不追？如果對方不跑，要喊捉賊還是喊救命？喊哪一種好像都滿恐怖的吧？

我翻出抽屜底層，跆拳道和空手道的段位證書，說明英雄救美的情節，不見得只是電影才有得演。把妻留在車內時，她無辜的眼睛看起來仍像小綿羊，正被逼著當獅虎熊豹的誘餌。不到十分鐘，她就緊抱著照相機，臉色蒼白的搖下車窗放聲喊我，我趁著夜色已經躲好在停車場邊緣草叢裡，蚊子也趁著夜色輪番來襲，一分一秒捱著也的確辛苦。陷阱布設十分鐘，雖說狐狸味還沒嗅著，夫妻倆倒先鬆了一口氣。

偵探和獵人，我和妻相視搖頭，這兩門高深的專業技術，我倆都在門外！

行動四：幼齒狐狸捉放記

因為獵狐的事，引發我潛匿已久的劣根性——倔強，不服輸，市井俠氣！

原本一個禮拜才回家一趟，現在天天來回兩百公里上下班，頭三天帶著棉被到車裡枯守到天亮。後三天，研究可能出現狐蹤的時機，改為晚上十點到一點，凌晨四點到六點，分段埋伏，我用的還是笨農夫的絕招——守株待兔。

一個禮拜來，什麼事也沒發生，妻擔心的看著我瘦了臉，紅了眼，但她永遠想不到，她勸不醒我的獵人夢，真正的理由竟是我喜歡上「閉關」的感覺。

當我抱著棉被，在深夜或凌晨進入車內，隨著隔音效果良好的車門闔上，會因為突然的絕對寧靜而產生類似耳鳴的現象。白日裡耳鼓承接的各類聲息，此時全部急促尖銳的釋放出來，我慢慢的呼吸，慢慢的去諦聽寂靜，習慣寂靜，一直到耳根清，心思明，整個身體機能全在低轉速的狀態中。

然後，我能夠清楚的讓記憶自去尋找我最細微的情節，父母鬢邊髮梢的雪意，妻的眼神，兒女的童稚言語，同事友人間的笑謔，甚至曾經遙遙遠的某一次眸光相會，遺忘或未遺忘的深悲極樂，都輾轉尋來。一個鐵殼子封鎖的空間，摒絕世塵紛擾，我就是那閉關的僧，懷抱悲愴與釋然，孤獨咀嚼人世的甜蜜與苦楚。

一夜夜閉關，我一層層剝除世情繁華的外衣，逐漸探解生命荒寒枯冷的本質，或者再給我一些時日，我就甘心讓萬緣俱滅，萬念成灰，孑然一身行向斷崖高寺。

只可惜，狐狸出現了！在日與夜交替的午夜時分。

一個瘦條個兒的少年，國中生模樣，悄悄走近車旁，繞到車後。然後，我聽到簽字筆在跑車後窗大片玻璃上滑動的聲音，一個個拙劣的字體，詭異的以全然相反的方向清晰浮現眼前。我略帶悲傷的看著他，他因緊張而抿成一線的唇，閃爍遊移的眼神，正把他稚嫩秀氣的臉，繃出幾分獰惡！做這件事，他其實一點也不快樂，我確定！但如此不快樂的事他為什麼一犯再犯？為什麼？

當他寫到側面玻璃時，怕嚇壞他，我輕輕的推門出去，他仍然兩腿一軟坐倒在地，一張臉霎時褪成青白！

我擠出一個微笑，說：「沒關係，沒關係！待會兒擦乾淨就好。」我打開行李箱，拿出一塊抹布遞給他。

雖然抖抖顫顫，他還能站起來接過抹布，只是眼裡畏懼和哀求之意難遮難掩。我說：「擦完了回去睡覺，明天還要上學不是嗎？能不能告訴我為什麼要這麼做？」他低著頭不敢瞧我，也不給我答案，只開始用力的擦著玻璃。

同一社區裡平常不管識與不識，都會點頭微笑或打聲招呼，這少年我認識，他也認得我，我按照平常跟他打招呼的口氣向他說再見，抱著棉被離開現場。

我也不打算告訴他父母，其實他父母不知忙些什麼，幾天幾夜沒回來算正常，要找也不容易！這沉默的少年只是惡作劇吧！寂寂暗夜，車內忽然冒出人來，對他的震撼已夠強烈，但願他能懂我不忍苛責的深意。再者，原來計畫針對窮凶極惡的狂妄狡狐，以不惜大動干戈的惡氣怒目相待！幼齒狐狸，就放了吧！

回到屋裡，夜燈溫柔，妻裹著錦被繡毯，睡得眉眼矇朧，我湊到她耳邊說：「親愛的，狐狸抓著了，而且，你不用擔心，我已決定暫緩出家之念！」

妻嗯哼一聲算是回答，翻個身又睡了，看起來，她是真的一點都不擔心的。

（本文曾入選年度散文選）

國家圖書館出版品預行編目資料

一道馬不停蹄的旅痕 / 陳秋見著. -- 二版. -- 臺中市 : 晨星, 2014.01

面；　公分. -- (晨星文學館 ; 49)

ISBN 978-986-177-806-8(平裝)

857.7　　　102025352

晨星文學館 49

一道馬不停蹄的旅痕

作者　陳秋見
主編　徐惠雅
校對　吳岱瑾、徐惠雅、黃幸代
美術編排　張蘊方
封面設計　言忍巾貞設計工作室

創辦人　陳銘民
發行所　晨星出版有限公司
台中市407工業區30路1號
TEL：(04)2359-5820　FAX：(04)2355-0581
E-mail: service@morningstar.com.tw
http://www.morningstar.com.tw
行政院新聞局局版台業字第2500號
法律顧問　甘龍強律師
初版　西元1996年2月20日
二版　西元2014年01月31日

郵政劃撥　22326758（晨星出版有限公司）
讀者服務專線　（04）23595819＃230
印刷　上好印刷股份有限公司

定價280元

ISBN 978-986-177-806-8

Published by Morning Star Publishing Inc.

Printed in Taiwan

◆讀者回函卡◆

以下資料或許太過繁瑣，但卻是我們瞭解您的唯一途徑，

誠摯期待能與您在下一本書中相逢，讓我們一起從閱讀中尋找樂趣吧!

姓名：＿＿＿＿＿＿＿＿ 性別：□男 □女生日： / /

教育程度：＿＿＿＿＿＿

職業：□學生 □教師□內勤職員 □家庭主婦

□企業主管 □服務業 □製造業□醫藥護理

□軍警 □資訊業 □銷售業務 □其他＿＿＿＿＿＿

E-mail：＿＿＿＿＿＿＿＿＿＿＿＿ 聯絡電話：＿＿＿＿＿＿＿＿＿＿

聯絡地址：□□□＿＿＿＿＿＿＿＿＿＿＿＿＿＿＿＿＿＿＿＿

購買書名：一道馬不停蹄的旅痕

·誘使您購買此書的原因？

□於＿＿＿＿＿書店尋找新知時 □看＿＿＿＿＿報時瞄到 □受海報或文案吸引

□翻閱＿＿＿＿＿＿雜誌時 □親朋好友拍胸脯保證 □＿＿＿＿電台DJ熱情推薦

□電子報的新書資訊看起來很有趣 □對晨星自然FB的分享有興趣 □瀏覽晨星網站時看到的

□其他編輯萬萬想不到的過程：＿＿＿＿＿＿＿＿＿＿＿＿＿＿＿＿＿＿＿＿

·本書中最吸引您的是哪一篇文章或哪一段話呢?＿＿＿＿＿＿＿＿＿＿＿＿＿＿

·請您為本書評分，請填代號：1. 很滿意 2. ok啦! 3. 尚可 4. 需改進。

□封面設計＿＿＿＿ □尺寸規格＿＿＿＿ □版面編排＿＿＿＿ □字體大小＿＿＿＿

□內容＿＿＿＿＿ □文／譯筆＿＿＿＿ □其他建議＿＿＿＿

·下列書系出版品中，哪個題材最能引起您的興趣呢?

台灣自然圖鑑：□植物 □哺乳類 □魚類 □鳥類 □蝴蝶 □昆蟲 □爬蟲類 □其他＿＿＿＿

飼養&觀察：□植物 □哺乳類 □魚類 □鳥類 □蝴蝶 □昆蟲 □爬蟲類 □其他＿＿＿＿

台灣地圖：□自然 □昆蟲 □兩棲動物 □地形 □人文 □其他＿＿＿＿＿＿＿＿

自然公園：□自然文學 □環境關懷 □環境議題 □自然觀點 □人物傳記 □其他＿＿＿＿

生態館：□植物生態 □動物生態 □生態攝影 □地形景觀 □其他＿＿＿＿＿＿＿＿

台灣原住民文學：□史地 □傳記 □宗教祭典 □文化 □傳說 □音樂 □其他＿＿＿＿＿

自然生活家：□自然風DIY手作 □登山 □園藝 □觀星 □其他＿＿＿＿＿＿＿＿

·除上述系列外，您還希望編輯們規畫哪些和自然人文題材有關的書籍呢?＿＿＿＿＿＿

·您最常到哪個通路購買書籍呢? □博客來 □誠品書店 □金石堂 □其他＿＿＿＿＿＿

很高興您選擇了晨星出版社，陪伴您一同享受閱讀及學習的樂趣。只要您將此回函郵寄回本社，或傳真至（04）2355-0581，我們將不定期提供最新的出版及優惠訊息給您，謝謝!若行有餘力，也請不吝賜教，好讓我們可以出版更多更好的書!

·其他意見：＿＿＿＿＿＿＿＿＿＿＿＿＿＿＿＿＿＿＿＿＿＿＿＿＿＿

晨星出版有限公司 編輯群，感謝您!

請填妥對折裝訂，直接投郵即可，免貼郵票

廣告回函
台灣中區郵政管理局
登記證第267號
免貼郵票

407
台中市工業區30路1號
晨星出版有限公司

請沿虛線摺下裝訂，謝謝!

更方便的購書方式：

1 網站：http://www.morningstar.com.tw
2 郵政劃撥 帳號：22326758
戶名：晨星出版有限公司
請於通信欄中註明欲購買之書名及數量
3 電話訂購：如為大量團購可直接撥客服專線洽詢

◎ 如需詳細書目可上網查詢或來電索取。
◎ 客服專線：04-23595819#230 傳真：04-23597123
◎ 客戶信箱：service@morningstar.com.tw